musica e amore

Für Angela und Bernhard Klinger

IRMGARD HIERDEIS

musica e amore

Ein barockes Quartett
um das Rätsel der heimlichen Komponistin

Zur Autorin

Irmgard Hierdeis studierte Philosophie, Pädagogik, Germanistik und Romanistik, arbeitete als Gymnasiallehrerin und Herausgeberin einer Literaturzeitschrift. Neben wissenschaftlichen Arbeiten zum Thema „Mädchenbildung" und einer kommentierten Übersetzung der Werke von Poullain de la Barre veröffentlicht die Autorin seit 1983 Gedichtbände, Erzählungen und Romane. Dafür wurde sie mehrfach mit Preisen ausgezeichnet. Sie lebt am oberbayerischen Ammersee.

Die Biographien der historischen Personen sind rein fiktiv

Bibliografische Information der Deutschen Nationalbibliothek:
Die Deutsche Nationalbibliothek verzeichnet diese Publikation
in der Deutschen Nationalbibliografie; detaillierte bibliografische
Daten sind im Internet über https://portal.dnb.de/ abrufbar.

© 2022 Irmgard Hierdeis
Satz, Umschlaggestaltung, Herstellung und Verlag:
BoD – Books on Demand, Norderstedt

ISBN: 978-3-7568-6529-1

Liebstes, theures Luiseken,

innigst gerührt hat mich Dein Neujahrsbrieflein, das Du gar künstlich mit goldenen Engelchen geschmückt hast! Auch kam mir die Schilderung Deiner Schlittenfahrt halb exotisch vor, und ich hatte Mühe, mir vorzustellen, wie Du mit unserem kleinen Bruder, dem Augustlein, Dich im Schloßhof mit Schnee beworfen hast.

Noch nicht einmal drei Monate bin ich hier mit dem Herrn Papa im Süden, und schon fremdet es mich an, mir unsere kalte Heimat vorzustellen. Du würdest Dich wundern, wie warm es hier immer noch ist. Zu Mittag speise ich mit Dorella, so nenne ich meine ständige Begleiterin, die mich bewachen soll, damit ich keinen Unsinn mache, auf der Terrasse des Hotels, in dem wir mehr residieren als wohnen.

Ich habe ein Zimmer mit Spinett, es ist groß und ohne Teppiche, damit die Töne nicht im Boden versickern, und wenn ich darauf spiele, denke ich mit Sehnsucht an Dich, an den kleinen August und an Mama, die bei Euch geblieben ist. Manch eine Träne der Sehnsucht ist an den Abenden, wenn ich allein bin, auf mein Instrument getropft. Mein Herz wird leichter, da ich es Dir gestehen kann, wie mich besonders am Anfang das Heimweh plagte.

Dabei könnte es kaum schöner und bequemer sein als hier im Hotel, wo ich sogar einen Kammerdiener zur Verfügung habe, der mir, wenn ich keine Lust auf den Speisesaal habe, meine Mahlzeiten heraufbringt. Ich werde Dir noch im Einzelnen schreiben, was man hier im Gegensatz zu uns daheim auf die Teller lädt. Insgesamt gefallen mir die meisten Gerichte, und ich habe auch schon die gestrenge Dorella gebeten, mir ein paar Rezepte aufzuschreiben, die ich dann unserer Sophie auf den Küchentisch legen kann.

Nun aber zu etwas ganz anderem.

Papa scheint hier gute Geschäfte mit seinen gefärbten Textilien zu machen. Er ist, wenn ich ihn denn sonntags an der großen Hoteltafel treffe, immer glänzender Stimmung und unterhält sich mit unseren Nachbarn und deren aufgeputzten Damen stets vorzüglich. Ich sitze dann, ebenso aufwendig verkleidet neben ihm und mache, was ich gelernt habe: Ich lächle in alle Richtungen und nippe nur von meinem Weinglas, stochere ein bißchen auf dem Teller herum (Nie zeigen, daß du hungrig bist, merke dir!) und bediene Papa, der hin und wieder seine bestickte Serviette fallen läßt.

Was mich dieses Getue anstrengt! Auch da sehne ich mich nach den einfachen Mahlzeiten, die unsere Sophie so trefflich zubereitet. Sogar die Rübensuppe schmeckt, wenn sie aus ihrer Küche stammt.

Papa ist wegen seiner Geschäfte da, das ist die offizielle Version der Reise. Aber, liebstes Luischen, es ist ein offenes Geheimnis, was unsere Eltern bewog, mich mit auf diese Reise zu nehmen; denn, sagen wir's unverblümt, ich soll verheiratet werden. Bei uns zuhause war kein würdiger Bewerber ins Sicht : Ja, schau Dir doch mal unsere adeligen Nachbarssöhne an, die mit ihren leeren Gehirnen und vollen Patronentaschen ständig auf die Jagd gehen und, wenn sie mal einen Hasen geschossen haben, im Winter sich sein Fell auf den geschwollenen Bauch legen. Kaum einer kann lesen, und – schweigen wir von ihrer Musikalität. Sie können gerade noch das Gekreische des Auerhahns vom Spatzenzirpen unterscheiden.

Mama und Papa haben sich erinnert, wie ich diese Jünglinge beim letzten Hofball behandelt habe – und alle anderen, die sich darüber aufgeregt haben, natürlich auch. Mit meinen zwanzig Jahren bin ich jetzt schon als alte Jungfer gebrandmarkt. Da wäre ich noch besser im Kloster aufgehoben, da gibt es wenigstens Musikinstrumente und Chorgesang.

Aber die Eltern wollen eben nun mal keine Nonne aufgezogen haben, und so wurde ich in die angeblich schönste Stadt der Welt geschleift, weil es dort offenbar nur so wimmelt vor musikkundigen Jünglingen. Es vergeht keine Woche, wo nicht so ein verlobungssüchtiger Knabe auftaucht, meist bei den abendlichen Gelagen, an denen Papa und ich teilnehmen müssen. Allein ihre Vornamen! Beim besten Willen kann ich mir nicht vorstellen, einen künftigen Gatten lebenslang Tschuseppe zu rufen. Tschuu! Das sagt man zu den Gänslein, wenn man sie im Teich ruft. Und Seppe gar! Unser Kutscher Sepp kommt da stets um die gedankliche Ecke, wenn ich das höre.

Papa hat diese Knaben und jungen Männer streng nach musikalischen Gesichtspunkten ausgesucht. Jeder von denen spielt ein Instrument und ist von mir auch begleitet worden. Zwei kratzen ordentlich die Geige, wenn einer Geige überhaupt mag – ich nicht. Sie spielten harmlose Stückchen, die ein einigermaßen talentierter Schüler nach zwei bis drei Jahren schon ohne Fehler streicht. Drei Abende haben wir bisher in unseren Gemächern so zugebracht, daß Papa Geschäftsfreunde und ihre Frauen dazu eingeladen hat, der Kammerdiener einige Fauteuils bereitstellte, hinterher Süßwein und Gebäck gereicht wurden und alle sich artig über den eben gehörten Kunstgenuß äußerten. Die Violinisten legten mir jeweils ihre anspruchslosen Noten aufs Spinett, und ich spielte alles vom Blatt, kinderleichtes Zeug, das wirklich keinen, der was von Musik versteht, vom gepolsterten Sessel reißt.

Letzte Woche, und jetzt laß mich Dir ein lebhaftes Bild

meiner Empfindung geben, verlief unsere Hotelmusik ein bißchen anders als die vorigen Male.

Papa hatte einen der älteren Musiker, die gerade hier in Mode sind, aufgetan. Dieser Herr nun wollte, bevor er mit mir, wenn auch vor kleinster Gemeinde, auftrat, sich erst von meinem Können überzeugen und sein Programm vorher mit mir einüben. Dorella war davon nicht begeistert, bedeutete es doch, daß sie die ganze Zeit sich würde unsere Überei anhören müssen.

Aber es kam anders.

Der besagte Musicus, der auch einige eigene Compositionen vorweisen kann, begab sich zunächst in das Ankleidezimmer, vom Kammerdiener geleitet. Ich konnte nicht widerstehen und spitzte durch das große Schlüsselloch. Ei, was sah ich da! Der Herr Compositeur hatte ein silberbesticktes Wams mitgebracht, das er über sein weiß gerüschtes Hemd zog. Dabei rutschte ihm seine Perücke vom Schädel, auf dem kein Härchen mehr prangte. Ich hatte Mühe, mein Lachen zu verbeißen, als Dorella mich wortreich ermahnte, mich doch wie eine Lady zu verhalten. Brav hockte ich mich auf den harten Stuhl vorm Cembalo und wartete, bis der Perückenherr frisch gepudert zu mir ins Zimmer trat.

Ich erhob mich mit meinem hellblauen Reifrock (was immer eine Aktion ist) und trippelte ihm entgegen (auch noch die Silberschuhe mit den Absätzen!). Er hielt inne, verbeugte sich so, daß ich schon dachte, jetzt bricht er ab, und kam schrittweise näher, bis ich seinen heißen Atem spürte. Und dann setzte er auch noch einen feuchten Handkuß auf meine angstvoll zitternden Finger. Puh! Oder besser: Tschu!!

Sein Vorname ist aber Francesco Maria! Sollte ich ihn denn, vorausgesetzt, er würde mein Verlobter, gar mit »Maria« anreden! Um Gotteswillen, Luiseken! Stell Dir das mal vor!

Sein Flötenspiel machte sein sonstiges Gehabe wett. Der bisher einzige, der wirklich musikalisch annehmbar war. Na, gut, anschauen durfte man ihn aber nicht während seines Flötens. Er hätte dabei eher in die Commedia dell'Arte gepaßt als auf ein Musikpodium. Er drehte, bückte und wendete sich bei jedem Takt, und daß dabei sehr schöne Klänge herauskamen, erstaunte mich. Als wir fertig geprobt hatten und ich seine Flötenkunst ernsthaft würdigte, raffte auch er sich zu einem Lob über meine Begleitung auf. Dabei stierte er auffällig nach zwei Notenblättern, auf denen ich die Anfangssätze einer Sonate notiert hatte, von keiner Geringeren componiert als von mir selbst.

Ein Bückling bis zur Klaviatur hinunter, und dann nahm er meine zwei Blätter in Augenschein. Trefflich! meinte er auf deutsch, und dann ein Schwall italienischer Worte, dem ich entnahm, daß ihm gefiel, was er da in Händen hatte. Dann wollte er noch wissen, wer der Compositeur denn sei. Ein Deutscher, sagte ich, sie werden ihn nicht kennen. Oh, Mademoiselle, erwiderte er, und dabei dehnte er die französische Aussprache so, als würde er Moasällää sagen, so daß ich vor innerlichem Lachen kaum antworten konnte. Was sollte ich auch sagen? Ich, eine Frau, die componiert? Da wäre ich schon wieder völlig erledigt. Zum Glück fiel mir der Name meines Clavecin-Lehrers ein, mein lieber und geduldiger Lehrer in der Anfangszeit, Herr Sieber.

Der Name des Compositeurs ist Sieber, sagte ich also frech.

Oh, nie gehört!

Ja, mein lieber Francesco Maria, das glaube ich dir gerne. Dieser Herr Veracini, der meine Aufpasserin besonders herzlich begrüßte (was eigentlich für ihn spricht), hat ange-kündigt, daß er mit mir noch einige musikalische Abende zu geben bereit sei. Davon berichte ich Dir später, denn jetzt ist schon wieder Ankleidezeit fürs leidige Abendessen, und Papa will sicher wissen, wie Francesco Maria flötet.

Liebstes Luischen, laß Mama diesen Brief möglichst nicht sehen, sonst denkt sie, ich wäre überhaupt nicht an den Mann zu bringen.

In inniger Liebe
Deine Schwester Anna Elisabeth

Schloß Dunkelsbrück, 27. Februar 1701

Liebe, ferne große Schwester!
Wie oft habe ich Deine lieben Zeilen gelesen! Jeden Satz könnte ich auswendig zitieren – aber es hört mir ja niemand zu. Ich habe, getreu Deinem Wunsche, Deinen Brief sogleich, als der Postillion im Hof lärmte, aus seinen Händen gerissen und unter meiner Schürze versteckt. Glücklicherweise war Mama durch einen Expressbrief abgelenkt, den sie, alle Contenance vergessend, gleich im Vestibül aufriß. Unser Papa war der Schreiber, wie wir später erfuhren, und er teilte uns in aller Eile mit, daß wir künftighin nicht mehr an seine Adresse in Rom schreiben sollten, sondern nach Florenz.

Ihr seid also nicht mehr in dem vornehmen, römischen Hotel, sondern irgendwo in der Mitte von Italien. Wie wohl die Reise mit der Postkutsche war? Ich stelle mir vor, Sepp würde uns stundenlang in seiner Chaise herumfahren! Mir reicht es schon, wenn er uns auf den nächsten Markt mitnimmt. Das ist ein Geratter und Geschaukel, und bei den Löchern in der Straße macht die Kutsche jedesmal einen Hupfer, der uns mit den Köpfen an die Decke schlagen lässt. Er kutschiert mit Absicht so wild, wenn er nur Augustlein und mich hinten sitzen hat. Wenn Mama oder Tante Agathe dabei sind, lenkt er die beiden Pferde sacht und langsam, und für uns Kinder ist diese Fahrerei höchst langweilig. Übrigens läßt uns Sepp nicht aussteigen, wenn er die Kisten mit Eiern, Speck, Kartoffeln und Äpfeln auslädt; wir dürfen nur durch die Schlitze der Vorhänge beobachten, wie die Händler und Marktweiber sich über unsere Viktualien hermachen. Dann rast er gleich wieder durch den engen Waldweg zurück. Mama befragt ihn jedesmal eindringlich, ob er sich an die

Anweisungen gehalten hat, uns nicht auf dem Marktplatz aussteigen zu lassen.

Du hast es gut, meine liebe Elisabeth! Italien!

Hier bei uns tut sich, seit Papa nicht mehr seine Festivitäten abhält, rein gar nichts. Hin und wieder kommt langweiliger Besuch, der es dann auch nicht lange bei uns aushält. Bei gutem Wetter (aber, sag mir, wann zeigt sich bei uns im Februar schon mal die Sonne?) geht man nach dem Essen im Park spazieren, immer darauf bedacht, die Rocksäume nicht mit Schnee oder Schmelzwasser zu beschmutzen. Wir Kinder müssen vor den Erwachsenen hermarschieren, werden ständig ermahnt, uns gerade zu halten, nicht zu stolpern, damit wir als Erwachsene dann ebenso dahinschleichen wie die Tanten und Onkel hinter uns.

Dabei bin ich schon 16! Also eigentlich kein Kind mehr. Aber weil unser kleines Brüderchen nicht benachteiligt werden soll, behandeln sie mich auch wie eine Vierzehnjährige. Dankbar soll ich sein, weil ich dabei sein darf, wenn der künftige Schloßherr Schreiben und Rechnen lernt. Warum auch nur habe ich so gar kein Talent fürs Musizieren! Dafür hätte man einen Lehrer extra für mich angestellt. Artig das Cembalo traktieren oder den Mund aufreißen für spitztönende Arien, das dürfen die Damen! Aber sich für komplizierte Rechenaufgaben zu interessieren, das soll mir verboten werden.

Mama hat keine Ahnung, wie ich Herrn Müllerson, das ist der Name des Lehrers, den man für unseren Bruder engagiert hat, wie ich also diesen liebenswerten Menschen herumgekriegt habe, daß er mir nach dem offiziellen Unterricht noch komplizierte Rechenaufgaben vorlegt, die wir dann miteinander lösen. Ich habe gemerkt, daß er manchmal auch Mühe hat, wenn wir in den Aufgabenheften lesen, bestimmte Lösungen zu finden. Er ist aber so gutmütig, nie auf seinen Ansichten zu bestehen, sondern ermutigt mich, selbständig zu rechnen und freut sich, wenn ich das richtige Ergebnis gefunden habe. Und so freue ich mich jeden Morgen über den Beginn des Unterrichts, während unser Brüderchen eher unwillig neben mir sitzt und über einfachen Aufgaben schwitzt. Herr Müllerson versteht es nicht nur, Mathematik verständlich darzustellen, er ist auch belesen und hat in seinem Zimmer, das ganz oben im 4. Stock liegt, einige ledergebundene Exemplare seltener Bücher, aus denen er mir manchmal vorliest. Es sind hauptsächlich fromme Geschichten aus dem Leben von Heiligen. Ich schaue dann in das vertraute Gesicht des Herrn Müllerson und habe manchmal das Gefühl, er wandelt sich beim Lesen in einen der heiligmäßigen Männer, von denen er erzählt.

Bei den Mahlzeiten sitzt er leider nicht mit uns am Tisch, sondern wird in der Küche mit den Dienstboten verköstigt. Das ärgert mich, denn er ist um ein Vielfaches gescheiter als alle die Onkel und Tanten, die vornehm vor den Goldrandtellern sitzen und nur Klatsch und Tratsch vom Hofe oder von ihren Nachbarn berichten. Ich überlege, ob ich nicht einmal mit Mama darüber reden soll. Dann habe ich aber wieder Angst, daß sie eine solche Unterhaltung zum Anlaß nehmen könnte, mich vom Unterricht auszuschließen. Bisher habe ich niemandem von meinem Extra-Unterricht erzählt, und ich werde mich hüten, allzu gescheit neben Augustlein zu wirken. Ich übe zwar fleißig mit ihm, tue aber immer so, als würde mir das Schreiben und Rechnen genauso schwer fallen wie ihm. Daß ich nach dem offiziellen Unterricht noch bei Herrn Müllerson sitzen bleibe, vermerkt August eher dankbar, weil er so früher entlassen wird und wieder in den Stall zu seinen Pferden laufen kann. So lebe ich eine Art von Doppelleben, indem ich nichts von meinen eigentlichen Interessen verlauten lasse und vor Mama verberge, was mich eigentlich beschäftigt. Wenn ich Nachmittage lang neben ihr sitze und an meinen Textilien herumstichle, bin ich mit den Gedanken bei Herrn Müllerson und seinem Unterricht.

Liebste Elisabeth, bitte bewahre diesen Brief sicher auf und lasse ihn keinesfalls Papa lesen. An ihn schreibe ich auch noch ein paar adrette Zeilen und erzähle ihm vom letzten Ball, auf den Tante Agathe mich unbedingt mitnehmen wollte. Was für ein affektiertes Getue im großen Spiegelsaal unserer Nachbarn, von denen doch jeder weiß, daß sie mehr Schulden als Geld haben. Einen ihrer nichtsnutzigen Knaben hatten sie auf mich angesetzt, er ist grade mal zwei Jahre älter als ich, aber ein arroganter Dummkopf, der mir schon während der Polonaise von seiner Freundschaft mit dem Kronprinzen erzählte. Als wenn mich das interessierte. Sie gehen miteinander auf die Jagd, weiß der Teufel, wen oder was sie jagen. Ich habe ihn dann nur spitz gefragt, ob er denn Rehbraten gerne ißt. Reh? glotzte er mich an. Na, das Reh, das Sie vermutlich geschossen haben! Ach so. Und damit war unsere Konversation vorbei. Er ist mir dann noch einige Male schwer auf die Füße gelatscht, und da war es mit meiner Toleranz vorbei. Ich hab mich zu Tante Agathe an das kleine Tischchen gesetzt und behauptet, daß mir die Füße weh taten. Der Jäger ist noch einmal vorbeidefiliert und wollte mich zum Tanz auffordern, aber ich habe milde lächelnd behauptet, mein Knöchel sei verstaucht. Da ist er denn abgezogen, und Tante Agathe war offensichtlich enttäuscht. Wie kann sie nur denken, daß ich meine Zeit mit so einem Trottel verbringen will. Ich sehe schon, mir wird es ähnlich gehen wie Dir, denn die Jünglinge, die sich in meiner Nachbarschaft befinden, sind nur an Pferden oder Jagdhunden oder am Schuldenmachen interessiert.

Vielleicht wird Papa in ein paar Jahren auch mit seiner jüngeren Tochter auf Wanderschaft nach Italien gehen, damit sie dort einen standesgemäßen Verlobten findet. Hier bleibt als Alternative nur das Kloster!

Nun will ich aber die Briefe auf ihre lange Wanderschaft schicken und Dir meine herzlichsten Grüße senden!

Deine Dich liebende Schwester Luise.

Mein über alles geliebtes Luiseken!

Wie habe ich mich über Deinen langen Brief gefreut! Plötzlich stand alles so lebhaft vor mir, als hätte ich es selbst erlebt. Besonders gelacht habe ich über Deinen Ball-Abend. Du weißt ja, daß ich über die männliche Jugend in unserer Nachbarschaft ähnlich denke wie Du. Man versteht die Eltern nicht, die ihre Töchter mit solchen Dummköpfen verkuppeln wollen.

Wie gut kann ich mir auch vorstellen, was Du bei diesem Herrn Müllerson alles lernst. Lese ich da zwischen den Zeilen mehr als nur die Begeisterung für einen klugen Lehrer?

Nun aber zu unserem veränderten Leben.

Wir leben seit drei Wochen in Florenz, oder richtiger Firenze. Mit Rom habe ich mich nie so richtig anfreunden können. Dort ist mir alles zu groß, und was von den alten Römern erhalten ist, flößt mir eher Schrecken als Bewunderung ein. Auch der vor Gold nur so strotzende Pomp der Kirche hat mich nicht beeindruckt, sondern eher abgeschreckt. Stell Dir mal Jesus vor mit einer edelsteinbesetzten Tiara, wie er vor seinen Aposteln steht und von Armut und Nächstenliebe predigt! Ich behalte natürlich solche ketzerischen Gedanken für mich und schreibe sie nur für Dich auf. Du hältst Dich ja an unsere Abmachung, daß wir unsere Briefe im Geheimfach aufbewahren.

Von der beschwerlichen Reise hierher will ich nicht allzu viel erzählen. Stell Dir nur einfach vor, Sepp kutschiert Dich zwei Wochen lang von einer verlausten Unterkunft zur nächsten. Papa ist die Reise auch nicht gut bekommen, er hat fast nichts gegessen die ganze Zeit, und ich muß sagen, da hat er gut daran getan. Die Verpflegung in den Poststationen war mehr als mangelhaft. Nur unser dritter Mitreisender hat alles bester Laune überstanden. Ein dritter?

Da muß ich ein paar Erklärungen vorausschicken. Nach Papas Informationen soll Florenz ja das eigentliche Zentrum der Textilmanufaktur sein. Mit verschiedenen Leuten hat er sich darüber unterhalten, unter anderen auch – und jetzt wirst Du staunen – mit meinem Flötensolisten Francesco Maria. Dieser Herr Veracini ist nicht nur ein hervorragender Musiker, er versteht auch etwas von Weberei und dem Vertrieb von Textilien. Seine Familie stammt aus Florenz, und er hat von seinem Vater eine ganz spezielle Weberei geerbt. Ein paar Jahre hat er dem Willen des Vaters gemäß in dieser Weberei gearbeitet. Aber als der Vater starb, hat er sich ganz seiner Liebhaberei, oder besser gesagt, seiner Liebe zur Musik gewidmet. Einer seiner Brüder hat den Betrieb weitergeführt, bis sein Sohn Lorenzo alt genug war, die Firma zu übernehmen.

Haben Sie es nie bereut, diese sichere Existenz für die Musik aufgegeben zu haben? So fragte Papa.

Ich hätte ihm genauso gut antworten können wie Herr Veracini: Nein, sagte er, keinen Augenblick. Das Salär eines Hofmusikus ist nicht zu vergleichen mit den Einnahmen aus einer Textilwerkstatt, aber – was für ein Vergnügen, sich mit Musik zu beschäftigen, statt im Staube der Webstühle sich ständig um gerissene Fäden und heimlich entwendete Goldfäden zu kümmern. Auch hat man die Freiheit, von einem Hof an den nächsten zu wandern, sich und die Menschen mit immer neuen Tönen zu erfreuen.

Papa lächelte mir zu, weil er sich wahrscheinlich an ein ähnliches Gespräch mit mir erinnerte.

Inzwischen haben wir die Strapazen der Reise und auch den Befall durch Flöhe und Wanzen gut überstanden. Herr Veracini hatte uns empfohlen, erst einmal nach Lucca zu fahren, das berühmt ist durch Heilbäder. Dort haben wir uns das ganze Reiseungeziefer abgewaschen, und Papa hat für mich drei neue, wunderschöne Kleider gekauft. Davon aber später.

Wir sind Herrn Veracini sehr verbunden, weil er uns hier in Florenz ein herrschaftliches Quartier besorgt hat. Es liegt ein kleines bißchen außerhalb, inmitten von Orangenhainen. Ich kann, wenn ich Lust verspüre, mir eine Orange direkt vom Baum pflücken, stell Dir das einmal vor! Das Haus gehört einem Verwandten des Herrn Veracini, und wir können hier so lange wohnen, wie wir wollen. Im Erdgeschoß, das ganz mit Parkettboden ausgestattet ist, befindet sich ein großer Salon, und, rate mal, was man mir da hingestellt hat? Ein Cembalo! Als Francesco Maria uns herumgeführt hat, lächelte er über meinen Aufschrei des Entzückens! Ja, sagte er, und ich verstehe inzwischen leidlich italienisch – ja, das habe ich mir für Sie gewünscht! Sie sollen glücklich sein!

Wörtlich hat er das gesagt. Ich habe ihn überrascht angeschaut, und da hat er meine Hand genommen und einen Kuß darauf gedrückt.

Papa stand daneben und lächelte gezwungen. Aber immerhin, er lächelte!

Zum Besuch in der Weberei des Lorenzo Veracini sollte ich, so wollte es Papa, unbedingt mitkommen.

Du wirst da wunderschöne Dinge sehen, prophezeite er mir. Und er hat nicht übertrieben.

Erstmal schon der Sohn! Eine Mischung aus Engel und Luzifer! Wie soll ich Dir diesen Mann beschreiben? Hellbraunes, lockiges Haar, und zwei pechschwarze Augen, die jeden durchdringend ansehen. Er ist mir ein bißchen unheimlich. Vor Begeisterung über seine Webereien vibrierte ständig seine Stimme. Und was wir dort gesehen haben, dürfte wirklich einmalig sein. Es gab einen hier sehr populären und berühmten Maler mit Namen Botticelli, der seine großen Bilder mit Frauengestalten in kostbaren Gewändern gemalt hat. Und genau die Nachbildung dieser Gewänder hat sich Lorenzo für seine Weberei vorgenommen. Die Stoffe, die er uns stolz gezeigt hat, übertreffen alles, was wir bisher gesehen haben. Jeder Meter ist ein Kunstwerk! Vater Veracini hat uns begleitet, er blieb stets bescheiden hinter seinem Sohn stehen und nickte höchstens einmal. Wir haben natürlich nicht mit Lob und Begeisterung gespart. Gerne hätte ich gewußt, wie viel ein Meter so eines kostbaren Stoffes kostet, ich hab mich aber nicht getraut, eine solch banale Frage zu stellen angesichts der Schönheit dieser Textilien. Wie man allein mit einer Kostprobe dieser Stoffe ein Kleid zu einem einmaligen Ereignis machen könnte! Eine Applikation am Ausschnitt! Einen Gürtel damit verzieren!

Lorenzo hat dann seinen Vater und uns in ein kleines Gasthaus in der Nähe des Flusses Arno geführt und uns zu einem wirklich unvergeßlichen Abendessen eingeladen. Da kann ganz Rom einpacken vor diesen Köstlichkeiten! Aber ich schweife ab, werde Dir bei Gelegenheit noch mehr davon erzählen, daß Dir der Mund wässrig wird.

Ich muß heute unbedingt noch die neue Sonate üben, die mir Francesco Maria aufs Pult gelegt hat. Morgen wollen wir sie gemeinsam proben, und am Sonntag soll unser erstes gemeinsames Konzert in Florenz stattfinden, erst einmal ganz inoffiziell in unserem Salon, der ungefähr fünfzig Leute faßt. Herr Veracini hat hier in seiner Vaterstadt viele Freunde, und die neue Anstellung am Fürstenhof läßt ihm genug Freiheit für eigene Aktivitäten. Einmal im Monat muß er als Solist in einem Hofkonzert auftreten, und wenn er eine eigene Komposition vorlegt, so gibt es eine besondere Gratifikation. Er ist ein anderer Mensch, seit er hier ist, viel lockerer als in Rom. Und außerhalb des Hofdienstes trägt er keine Perücke. Übrigens hat er seine Haare doch nicht alle verloren, sondern damals in Rom hatte ihn ein Barbier kahlgeschoren, damit die Perücke besser sitzen sollte. Jetzt hat er schon wieder einigermaßen lange Haare, die sich ähnlich kringeln wie bei seinem Sohn, nur daß das Schwarz schon mit hellen Fäden durchzogen ist.

Das beiliegende illustrierte Brieflein ist für den kleinen Bruder. Ich habe einige gezeichnete Stadtansichten beigefügt.

Sei aufs herzlichste gegrüßt und geküßt von Deiner Dich liebenden Schwester

Anna Elisabeth

Liebstes Annalieseken!

Deinen Brief habe ich aufgesaugt wie die Bienen den Nektar! Ich spüre förmlich die Süße frischgepflückter Orangen auf der Zunge! Was magst Du nur Köstliches bei dem Abendessen mit den beiden Veracinis genossen haben? Bitte beschreibe mir die Gerichte nur ganz genau! Ich habe nämlich, von Mama unbemerkt, mich einige Male zu Sophie in die Küche geschlichen, eigentlich anfangs aus Langeweile, aber zusehends mit Interesse für die Zubereitung erstmal einfacher Gerichte. Wie unsere liebe Sophie sich gefreut hat, daß ich das Kochen nicht als niedere Arbeit betrachte, sondern als Fertigkeit, ja, manchmal auch als Kunst. Bei uns gibt es mit Sicherheit nicht solche Früchte, wie sie in Italien wahrscheinlich an jeder Straßenecke geerntet werden können. Tagein, tagaus, verfügen wir nur über das, was wir hier in diesem kühlen Land selber anbauen. Kraut und Rüben, dazu Kartoffeln, Äpfel, Birnen und Nüsse. Sieht man von Erdbeeren, Himbeeren oder Kirschen ab – die gibt es aber nur in den Sommermonaten, wenn wir das Glück haben, daß es nicht die ganze Zeit nur regnet.

Ich habe mit Bewunderung gesehen, wie Sophie selbst aus diesen einfachen Zutaten wunderbare Gerichte zaubert. Da gibt es Kartoffelaufläufe mit Speck, Rübensuppe mit Petersilie, Apfelkompott mit Zimt, Birnenkuchen mit Schmand. Wenn keine Küchenhilfe Gemüse putzt und Sophie die Küche allein für sich hat, dann zeigt sie mir, wie man Teig zu Kuchen anrührt und wie man Suppen mit vielerlei Gemüse tagelang auf dem Herd hält, damit der Geschmack intensiver wird. Einmal kam Herr Müllerson in die Küche, als ich gerade in der Suppenkasserole rührte.

Er hielt einen Moment inne, lächelte mich an und sagte dann, er freue sich, daß ich mich auch für Chemie interessierte. Chemie? Ja, das sind chemische Prozesse, die in der Küche stattfinden. Ich kann Ihnen gelegentlich mehr davon erzählen, meinte er noch, als er mit einem Glas Wasser wieder ging.

Ein sehr netter Mensch, sagte Sophie. Er ist so gescheit, redet aber auch mit unseren Küchenhilfen so respektvoll, als kämen sie gerade von Hofe.

Wir werkelten dann miteinander wortlos weiter, jede mit ihren Gedanken an Herrn Müllerson beschäftigt.

Übrigens habe ich unseren Lehrer gleich nach dem Maler befragt, den Du genannt hast. Er wußte auch darüber Bescheid und erzählte mir beiläufig, daß er eine italienische Mutter habe und einige Zeit bei den Großeltern in der Nähe von Mailand verbracht habe.

Dann sprechen Sie auch italienisch, habe ich ihn gefragt.

Das ist gewissermaßen meine zweite Muttersprache, hat er geantwortet. Ich habe ihn dann gebeten, mir die Grundlagen dieser Sprache beizubringen.

Nichts lieber als das!

Nun also mußte ich doch mit Mama darüber reden.

Italienisch? Französisch wäre eleganter, meinte sie.

Aber gut, deine Schwester lernt es ja auch, so soll es mir recht sein. Nehmt nur Augustlein mit dazu!

Mein pferdenärrischer Bruder hat natürlich keine Lust auf noch mehr Lektionen und schwänzt regelmäßig die Italienisch-Stunden, was uns sehr recht ist, denn er hält den Unterricht eher auf, als daß er willig wäre, auch mal den Mund auf Italienisch aufzumachen. So bin ich viele Stunden mit Herrn Müllerson allein, und wir können uns jetzt schon in dieser schönen Sprache rudimentär verständlich machen. Das ist wirklich ein großer Spaß!

Und wenn Du wiederkommst, dann können wir beide uns in dieser Sprache ungehemmt unterhalten, damit sonst niemand an unseren Geheimnissen Anteil hat!

Als ich von den Webereien des jungen Herrn gelesen habe, ist mir eingefallen, daß auch unser Brüderlein vermehrt in den Kellern mit den Webstühlen vorbeischauen soll. Er geht mit Mama und dem Verwalter einmal in der Woche hin, strebt aber hinterher gleich wieder in die Stallungen. Für die Weberei und das aufwendige Färben zeigt er wenig Interesse. Wie soll das denn einmal werden, wenn unser Papa alt wird. Wovon sollen wir leben? Man sieht ja überall in der Nachbarschaft, wie die Adligen allein mit der Bewirtschaftung der Felder nicht auskommen. Man kann die schuldenfreien Schlösser bald an einer Hand abzählen.

Soll ich mich auch um die Textilherstellung kümmern? Was meinst Du? Noch verstehe ich nicht viel davon, aber ich stelle mir vor, daß mich der Verwalter einarbeiten könnte. Aber was wird Mama dazu sagen? Sie will ja unbedingt, daß August einmal alles übernimmt.

Auch bei uns wird es langsam wärmer, wir pflücken Himmelsschlüsselchen und Schneeglöckchen und machen daraus Guirlanden für das Sonntagsdiner.

Ich bin schon sehr gespannt, was Du mir über Deine Konzerte mit dem Flötisten erzählen wirst! Du nennst ihn ja manchmal sogar mit seinen Vornamen. Hat das etwas zu bedeuten?

In wenigen Stunden werde ich mich wieder der Küchenchemie widmen und von Sophie lernen, wie man Nudelteig macht. Damit will ich demnächst Herrn Müllerson überraschen. Er hat mir von italienischen Nudeln erzählt, und Sophie hat sich nach meinen Erzählungen zusammengereimt, wie man solch einen Teig herstellen könnte.

Vielleicht aber kannst auch Du mir in Deinem nächsten Brief ein Rezept beifügen?

Ich freue mich schon sehr auf Deinen Brief und grüße und küsse Dich aufs herzlichste!

Deine kleine Schwester Luise

Geliebtes Luiseken!

Was für eine Freude hast Du mir mit Deinem Brief gemacht! Ich habe mir lebhaft vorgestellt, wie Du mit Sophie in der Küche hantierst und schon bald eine Meisterköchin sein wirst! Und das ganze unterfüttert mit chemischem Wissen, das Dir Dein geliebter Lehrer sicher auch noch beibringen wird. Ich glaube, dieser Herr Müllerson ist wirklich ein Glücksfall für Dich! Hoffen wir, daß Mama ihn noch lange als Hauslehrer behalten will.

Nun aber zu meinen musikalischen Aktivitäten.

Es ist ja schon einige Wochen her, daß wir unser erstes Konzert hier im großen Salon gegeben haben. Herr Veracini hatte alle seine Freunde, Verwandten und Gönner dazu eingeladen, und Papa zeigte sich besonders interessiert an zwei adligen Jünglingen, beide musikbegeistert, wenngleich auch nicht selbst musikalisch tätig. Er hatte Mario und Gino schon vor dem Konzert zu einem kleinen Imbiß eingeladen, an dem auch ich teilnehmen sollte. Riechst Du den Braten?

Ich zog mir also eins der neuen Kleider an, hellblaue Seide mit Silberstickerei, nach der neuesten Mode ziemlich freizügig, was das Dekolletée betrifft. Papa streifte mich mit wohlwollendem Blick, wahrscheinlich dachte er an die beiden jungen Männer, die ich damit bezirzen sollte. Beide stammten aus altem, florentinischem Adel und sind offenbar reich, leben in Schlössern und haben Dutzende von Pferden, mit denen sie Rennen veranstalten.

Ich begrüßte also die beiden Herausgeputzten und setzte mich dann mit an das kleine Tischchen, auf dem unser Koch (es ist ein Mann, stell Dir vor) allerlei kleine Köstlichkeiten ausgebreitet hatte. Diese Happen sind so klein, daß man sie mit der Hand nimmt und nicht mal einen Teller benötigt. Dazu ließ Papa einen trockenen Weißwein einschenken.

Ich nippte nur und lauschte der Unterhaltung der drei Männer. Papa erzählte von seinen Textilien, und die beiden taten so, als interessiere sie das. Die Unterhaltung fand auf Italienisch statt, das Papa allmählich ganz gut beherrscht. Ich verstehe jedes Wort, muß aber, wenn ich selber rede, aufpassen, das richtige Wort zu finden. Deshalb klingt mein Italienisch ganz und gar fremd, denn hier überschlagen sich die Leute mit Schnelligkeit im Sprechen, ganz anders als bei uns daheim, wo man langsames Reden eher als gedankenvoll preist.

Ich gab also langsam und bedächtig mein Vorhaben, hier Konzerte zu veranstalten, bekannt. Beide Jünglinge starrten mich an, als wäre ich eine seltene Naturerscheinung. Einer hatte sogar den Mund offen, ich glaube es war dieser Mario von und zu irgendwas. Einen Kommentar gaben sie nicht ab, und ich vermute, sie waren noch nie in einem richtigen Konzert. Da ich selber ja möglichst keine Fragen stellen sollte, erfuhr ich auch nicht, womit die beiden ihre Zeit verbrachten. Sie sahen nicht danach aus, sich mit Noten oder Büchern auszukennen.

Papa machte noch eine Weile Konversation über die Schönheit der Stadt Florenz und die wunderbare Vegetation, dann war ich entlassen und floh zu Herrn Veracini, der inzwischen einen seiner Musikerfreunde über unser Konzert unterrichtete. Er machte mich mit Herrn Monza bekannt, Vorname Carlo, einem fröhlich dahinplaudernden Compositeur um die Vierzig, dessen Streichquartette sich offenbar besonderer Beliebtheit erfreuen.

Demnächst, so Herr Veracini, planen wir ein großes Konzert, in dem auch ein Streichquartett auftreten wird neben unserem Duo. Carlo Monza klopfte seinem Freund begeistert auf die Schulter, dann wandte er sich mir zu, und ich fürchtete schon, von ihm genauso geschüttelt zu werden. Aber er hielt sich zurück und bedachte mich mit einem angedeuteten Handkuß und der Versicherung, er sehe unserem heutigen Konzert mit großer Spannung entgegen. Dann waren wir wieder allein, Francesco und ich, und wir gingen noch einmal alle bisherigen strittigen Stellen durch.

Dann strömten auch schon die Besucher in den Saal, und wir hatten gerade noch Zeit, durch die Nebentür zu entwischen. Francesco nahm seine Flöte in beide Hände, was immer sehr hübsch aussieht, als würde er ein Kätzchen liebkosen. Er hält sein Instrument warm, damit es auch die hohen Töne klar wiedergibt.

Unser Programm war kurz und bestand in einer Sonate von Herrn Veracini selbst, dessen langsamer Satz mir gut gefällt, aber dessen Presto und Allegro mir eher vorkommen wie Griff-Übungen für fleißige Schüler. Er spielt das sehr schnell, sehr routiniert, natürlich ohne jeden Fehler. Aber ich finde, das ist nur oberflächliches Geklingel, das Eindruck beim naiven Publikum machen soll, weil es eben große Geläufigkeit erfordert. Francesco hat übrigens den langsamen Satz eines gewissen Sieber ausgewählt, den wir noch als Zugabe spielen wollten, wenn das Publikum entsprechend applaudiert.

Und wie sie applaudiert haben!

Wir haben uns artig verbeugt, ich sogar mit einem Knicks (gepriesen sei Tante Agathe und ihr Knickskurs!).

Und dann haben wir wahrhaftig den langsamen Satz aus meiner Sonate gespielt. Francesco hat seine ganze Musikalität sprechen lassen, und ich hatte Tränen in den Augen, als wir den letzten Ton ausklingen ließen. Das Publikum hielt einen wunderbaren Augenblick völlig still, und dann brandete der Beifall los. Du wirst Dir vorstellen, was ich empfunden habe! Und als wir dann wieder im Nebenzimmer allein waren, kam Francesco auf mich zu und nahm mich wirklich und wahrhaftig in die Arme, küßte mich auf beide Wangen und hatte Tränen in den Augen.

Das werde ich nie vergessen, flüsterte er.

Dann kamen seine Freunde und beglückwünschten uns, auch Papa zeigte große Begeisterung. Wir tranken Schaumwein und kosteten von den kleinen Vorspeisen, die zwei Diener herumreichten.

Von den beiden adligen Knaben war übrigens nichts mehr zu sehen. Wahrscheinlich haben sie gleich das Weite gesucht, als sie mich am Cembalo sahen.

Und jetzt üben wir, gemeinsam mit Carlo, um das nächste Konzert abwechslungsreich zu gestalten. Der Fürst hat offenbar seinen Ballsaal zur Verfügung gestellt, und nächste Woche wollen wir erstmals in diesem Raum üben und die Akustik ausprobieren.

Ich bin also sehr beschäftigt, sitze die meiste Zeit an meinem wunderbaren Instrument und habe auch schon ein neues Stück komponiert. Aber davon erzähle ich Dir, wenn wir das große Konzert geschafft haben. Die ganze Fürstenfamilie hat ihren Besuch angekündigt, und natürlich auch die adligen Freunde des Fürsten. Der Saal ist, wie ich inzwischen gesehen habe, an den Seitenwänden verspiegelt und faßt bestimmt an die 200 Leute. Ach, bin ich aufgeregt!

Ende Mai oder Anfang Juni soll der Termin sein.

Ich übe, übe, übe! und habe überhaupt keine Zeit mehr, mich mit heiratswilligen Männern zu befassen – was für ein Glück!

Mein liebstes Luiseken, lerne nur fleißig italienisch! Du sollst mich bald hier besuchen kommen!

Deine Dich liebende Schwester Anna Elisabeth

Liebstes großes Schwesterlein!

Wie berühmt Du geworden bist! Spielst jetzt sogar vor Fürsten in einem Spiegelsaal! Wenn ich nur schon Deinen Bericht über das Konzert lesen könnte!

Über die beiden feinen Adelsjünglinge habe ich doch sehr gelacht. Wie sich die Bilder gleichen! Auch bei uns hier glänzen die Nachkommen der einst berühmten Haus- und Feldherren durch Einbildung und Dummheit. Ein paar können lesen und einfache Rechnungen kontrollieren, aber die meisten sind von ihren Angestellten abhängiger als umgekehrt. Was würden sie wohl machen, wenn ihnen Köchinnen und Zimmermädchen davonliefen?

Bei uns ist leider überhaupt nichts Berichtenswertes passiert. Tante Agathe hat Onkel Wilhelm zu ihrem 55. Geburtstag eingeladen. Er kam mit großem Gefolge, also mit Kutscher, Köchin und Butler. In aller Eile mußten für sie noch Kammern hergerichtet werden. Herr Müllerson hat jetzt im 4. Stock für einige Zeit ein paar Nachbarn bekommen. Sonst leben dort oben nur zwei Dienstmädchen.

Sophie ist im ausgebauten Keller untergebracht, wo zwar tagsüber die Webstühle lärmen, es aber zur Schlafenszeit ruhig ist. Sie hat sich übrigens ihre beiden Kammern sehr wohnlich eingerichtet, hat aus Stoffabfällen Wandteppiche genäht und die häßlichen Wände damit verkleidet. Hin und wieder besuche ich sie, wenn sie nicht in der Küche ist, und natürlich darf Mama nichts davon wissen. Zunehmend habe ich den Eindruck, daß unsere Angestellten klüger sind als zum Beispiel unsere Verwandten. Nehmen wir nur mal Tante Agathe. Sie hockt den ganzen Tag in ihrem gepolsterten Lehnstuhl, scheucht die Zimmermädchen hin und her, damit sie ihr ein Glas Wasser holen oder ihre breitgesessenen Kissen aufschütteln. Warum steht sie nicht auf und holt sich ihr Wasser selber?

Ich schweige natürlich schön still über meine Beobachtungen, denn Mama würde sich nur aufregen, und mit Tante Agathe kann man ohnehin kein vernünftiges Wort wechseln, ohne daß sie zu ihren Ermahnungen ansetzt. Kind, wie stehst du nur da? Deine Haarsträhnen liegen nicht glatt. Achte auf deine Füße, der linke schaut nach innen.

Nein, nur keine Aussprachen mit Tante Agathe!

Mein einziger Trost in dieser verlassenen Einöde sind die Unterrichtsstunden bei Herrn Müllerson. Augustlein, der faule Strick, nimmt immer öfter Reißaus, weil er weiß, daß er für fehlende Stunden nicht zur Rechenschaft gezogen wird. Wir tun so, als ob es völlig in Ordnung sei, daß unser künftiger Schloßherr schon nach einer Stunde einfachsten Rechnens erschöpft zu seinen Pferden eilt. Mama kam bisher noch nicht auf die Idee, sich von den Fortschritten ihres Sohnes zu überzeugen. Und hoffentlich bleibt das auch so. Papa wird, wenn er nach Hause kommt, dann sicher strenger mit August verfahren. Über meine Bildung macht sich niemand Gedanken, und so lerne ich eifrig italienisch, löse Rechenaufgaben und lausche, wenn Herr Müllerson mir über die chemische Zusammensetzung von Kartoffeln oder Rinderbraten berichtet. Von Sophie habe ich mittlerweile gelernt, wie man die Qualität von Fleisch erkennt. Sie ist ja zuständig dafür, die Lieferungen der Fleischer zu kontrollieren. Ich habe ihr zugeschaut, wie sie mit den Männern diskutiert und sich kein X für ein U vormachen läßt. Wie sähe es in unserer Küche aus, wenn wir sie nicht hätten!

Gefreut habe ich mich letzten Sonntag, als beim festlichen Diner zu Ehren der Jubilarin alle meine Nachspeise gerühmt haben, ohne natürlich eine Ahnung davon zu haben, daß ich die Urheberin der Himbeersahne war. Sophie hat mir nur kurz gezeigt, wie lange ich die Sahne schlagen muß, wie viel Zucker ich beifügen muß und wie man am Schluß die Himbeeren mit Likör beträufelt. Innerlich mußte ich lachen, als alle sich über das Dessert hermachten und Sophie ausdrücklich belobigten. Sie lächelte freundlich in meine Richtung, knickste und verschwand wieder in der Küche. Diese Szene ist charakteristisch für mein Leben hier; denn was ich wirklich gerne tue, muß ich vor Mama und der übrigen Verwandtschaft verbergen. Immer weniger verstehe ich, wieso wir Mädchen zu solch dummen Tanten wie Agathe erzogen werden sollen.

Auch Herr Müllerson findet, daß ich recht daran tue, mich mit den vielfältigsten Tätigkeiten vertraut zu machen. Man kann gar nicht genug lernen! Das ist seine Maxime. Was soll denn aus unserer Weberei und Färberei einmal werden, wenn August sich nur für Pferdehaltung interessiert? Ich überlege, wie ich es anstelle, mir auch davon Grundkenntnisse anzueignen, ohne daß Mama das sofort unterbindet. Ich kenne ja keinen von den Webern. Aber vielleicht kann Sophie mir da helfen.

Du siehst, ich bin heimlich mit allem möglichen beschäftigt. Daß ich mich mit niemandem austauschen kann, belastet mich, und manchmal denke ich, daß ich unehrlich handle gegenüber Mama, die von meinen Tätigkeiten nichts ahnt und sie sicher nicht gutheißen würde. Mein einziger Trost ist der Zuspruch von Herrn Müllerson. Was würde ich tun ohne ihn? Und so habe ich dazu noch Angst, daß Mama ihn entlassen könnte, wenn sie entdeckt, wie wenig ihr Sohn bei ihm gelernt hat.

In Deinem letzten Brief hast Du angedeutet, daß ich Dich vielleicht bald in Italien besuchen darf. Wie sollte das denn gehen? Mama kann unmöglich mitreisen, von Tante Agathe mal zu schweigen. Am schönsten wäre es, wenn Herr Müllerson mitkommen könnte. Aber das hinwiederum würde Mama nicht zulassen. Wenn August mitkäme? Dann wäre die Gegenwart eines Lehrers unabdingbar. Was sagst Du dazu: ich werde versuchen, unser kleines Brüderchen davon zu überzeugen, daß er irgendwelche berühmten Pferde in der Toskana besichtigen muß. Herr Müllerson weiß da sicher Rat. Er kennt sich nämlich auch mit Pferden aus!

Ach, liebstes Annelieseken, Du siehst, wie ich überlege, Dich bald wiederzusehen!

Ich hoffe, Du bist zufrieden und glücklich im schönen Florenz!

Tausend Grüße und Küsse von Deinem Dich liebenden kleinen Schwesterchen Luise!

Geliebtes Luiseken!
Wie habe ich mich gefreut über Deine Zeilen! Und über
Deine Schlauheit, die sich über alle Unvernunft hinweg-
setzt!
Was Deine Reise nach Italien betrifft, werde ich Papa
noch dementsprechend bearbeiten, sei nur getrost, daß
es mir gelingen wird! Schließlich warten hier noch jede
Menge heiratswilliger Jünglinge, mit denen er Dich verkuppeln könnte!
Was meine Chancen bei der hiesigen adeligen Jugend
betrifft, so sieht es eher düster aus. Papa meinte letzthin
nach einem Diner mit einem solchen Kandidaten, ich sei
wirklich zu wählerisch und solle aufpassen, daß er mich
nicht kurzentschlossen ganz einfach mit einem dieser farb-
losen Kerle verheiratet. Schließlich sei das ja überall üblich
und auch rechtens, und allmählich verstehe er selbst nicht,
weswegen er sich überhaupt nach meinen überzogenen
Wünschen richten solle. Da wurde mir angst und bange,
und ich konnte meine Tränen nicht zurückhalten. Liebster
Papa, habe ich da gefleht, laß mir noch ein bißchen Zeit
für diese endgültige Entscheidung. Er war dann bestürzt
über meine Verzweiflung und meinte gütig, noch sei ich ja
im heiratsfähigen Alter, und an Bewerbern, die auch vor
meinen Augen Gnade finden könnten, kein Mangel.
Aber Du siehst, wie es mir ergehen könnte, wenn ich mir
zu viel Zeit lasse. Schließlich wurden auch unsere Eltern
verheiratet, ohne daß sie vorher Gelegenheit hatten, sich
kennenzulernen. Sie haben ja auch völlig andere Interessen
und Aufgabenbereiche; das mag in ihrem Leben gut gegan-
gen sein. Aber für mich kann ich mir solch eine lebensläng-
liche Ehe nicht vorstellen ohne innere Gemeinsamkeiten.

Sehen wir nicht überall, und besonders bei Hofe, wie diese arrangierten Ehen nur noch aus Äußerlichkeiten bestehen? Die Macht der Maitressen beruht auf diesem System, das sich Leute ausgedacht haben, die niemals Zuneigung oder Liebe empfunden haben. Auf keinen Fall will ich eine solche Ehe eingehen!

Nun aber zu dem Konzert im Spiegelsaal, von dem Du einen Bericht wünschest.

Papa hat mir ein wirklich glänzendes Kleid gekauft, und, wie ich dann überrascht gesehen habe, war der Ausschnitt mit einem jener Stoffe verziert, die wir bei Lorenzo bewundert hatten. Ganz in blau, mit Glasperlen bestickt und einem wunderbar weiten Reifrock.

Als Francesco mich darin vor dem Konzert sah, verneigte er sich tief und brach in bewundernde Komplimente aus, die mich ganz verlegen machten.

Wir haben dann, zusammen mit dem Quartett des Herrn Manzo, fast eine Stunde lang musiziert. Keiner von den hohen Herren, die ja normalerweise von Musik nichts verstehen, ist vorzeitig aufgebrochen, wie das ja schon fast die Regel ist. Nein, alle sind bis zum Schluß geblieben und haben kräftig applaudiert. Francesco, Carlo und sein Quartett haben sich artig verbeugt, und ich habe einen Knicks hingelegt, der selbst vor Tante Agathe bestanden hätte.

Papa hat dann alle Musiker und die Verwandten des Herrn Veracini zu einem Umtrunk eingeladen, und es gab wieder diese kleinen Häppchen, die so wunderbar schmekken und die man einfach so aus der Hand verspeist. Lorenzo, der Sohn des Herrn Veracini, hielt sich auffallend häufig in meiner Gegenwart auf, reichte mir die Teller mit den kleinen, runden Kuchen und rief den Kellnern Befehle zu, mir das Glas unaufgefordert nachzufüllen. Immer wieder blickte er auf mein Dekolletée, und schließlich konnte er sich nicht mehr zurückhalten und erklärte mir, aus welchem Gemälde die goldgewebte Verzierung an meinem Kleid stammte. Es soll sich um ein Bild mit dem Titel Primavera, also Frühling, handeln. Und gleich fügte er noch hinzu, das passe in mehrfacher Beziehung zu mir. Ich habe nicht weiter nachgefragt, was er damit meinte, weil mir seine bewundernde Gegenwart zusehends lästiger wurde. Er rückte mir immer näher, stieß öfter als üblich mit mir an, verstieg sich sogar zu der Bemerkung, wie überaus wunderbar ich gespielt und seinen Papa begleitet hätte, und fixierte mich unablässig mit seinen stechenden Augen. Ich war froh, als Carlo Monza ihn unterbrach und mich für ein weiteres Konzert zu gewinnen suchte. Papa Veracini saß die ganze Zeit über schweigend neben meinem Papa und sah zu, wie sein Sohn sich an mich heranmachte. Er verzog keine Miene, stand dann auf und verabschiedete sich ziemlich schnell.

Papa lachte, als wir allein waren, und meinte, der junge Lorenzo hätte wahrscheinlich zu Hause einiges an Tadel zu hören bekommen, weil er sich mir gegenüber so aufdringlich verhalten habe.

Ob der Herr Papa das auch gefunden habe, fragte ich ihn.

Da lachte er wieder und meinte, man könne es einem jungen Mann nicht verdenken, wenn er sich in mich verliebte.

Wie?

Das ist ja offensichtlich, sagte Papa abschließend. Er ist gebildet, hat einen florierenden Betrieb, sieht gut aus und verehrt dich. Was willst du mehr?

Ich war sprachlos. Offenbar steht für Papa schon fest, daß mich dieser erfolgsgewohnte Lorenzo ehelichen wird.

Ich konnte die ganze Nacht nicht schlafen, weil mich die

Vorstellung, lebenslang an diese stechenden Augen gefesselt zu sein, in Schrecken versetzte. Aber wie sollte ich das dem Herrn Papa erklären?

Für den nächsten Tag hatten wir eine Probe vereinbart; Herr Veracini wollte eine von ihm komponierte Sonate mit mir üben. Papa war für zwei Tage mit seinem Favoriten Lorenzo in ein paar benachbarte Dörfer aufgebrochen, um sich neue Färbemethoden anzuschauen. Ach, was ich vergessen habe zu erwähnen, meine Anstandsdame Dorella ist in Rom geblieben, und eine neue ist nicht in Sicht. Wahrscheinlich denkt Papa, ich bin jetzt alt (und heiratsfähig) genug, um auf mich selbst aufzupassen. Hier in Italien gehen die Damen sogar ohne männlichen Geleitschutz auf den Straßen spazieren. Meist haben sie eine Dienerin zur Seite, die mit dem Tragen der Einkaufskörbe betraut ist.

Der große Unterschied zu unseren Sitten daheim: Hier scherzen Damen und Herren ungeniert miteinander in den Geschäften, und auch die vornehm gekleideten Damen sind sich nicht zu gut, um mit den Markweibern über Preise zu feilschen. Wenn Mama das sehen würde – oder gar Tante Agathe!

Herr Veracini klopfte pünktlich um elf Uhr an die Haustüre. Unser Butler, der so ziemlich alles macht, was Hausmeister oder Handwerker bei uns Tag für Tag im Hause ordnen und reparieren, Signore Bassini also öffnete unter Bücklingen und geleitete Francesco in den großen Saal, wo ich schon am Cembalo saß und eins von meinen Largo-Stücken spielte. Ich merkte erst gar nicht, daß er mir zuhörte, bis er, als ich den letzten Takt gespielt hatte, applaudierte.

Ich stand gleich auf und entschuldigte mich, weil ich sein Kommen nicht bemerkt hatte. Er lächelte aber nur und meinte, das sei sogar sehr löblich, weil ich so vertieft in die

Musik gewesen sei, daß ich sonst auf nichts achtete. Und, sagte er beim Näherkommen, ist es nicht das, was Musik im Grunde ausmacht: Wir verschmelzen mit den Tönen und werden selbst zu Musik.

Ganz aus dem Herzen hatte er mir gesprochen. Eine Weile standen wir schweigend da und sannen seinen Worten nach. Dann fragte er mich, was ich denn da Schönes gespielt hätte. Ich hatte die Noten direkt vor mir, war ich doch eine Stunde vorher noch beim Komponieren gewesen.

Ist das wiederum ein Stück dieses unbekannten Deutschen, dessen Andante wir als Zugabe gespielt haben?

Ich nickte nur und wies auf die Noten, die vor mir lagen. Er griff das Blatt mit seiner weiß behandschuhten rechten Hand und hielt es vor sich hin. Dann sah er zu mir, lächelte und hielt seine rechte Hand etwas in die Höhe, und ich bemerkte, daß sein weißer Handschuh auf der Innenseite schwarze Tintenspuren aufwies.

Wieder ein äußerst inniges Largo, das wir gleich miteinander spielen sollten.

Er zog seine Handschuhe aus, nahm die Flöte aus der Holzschatulle und griff wieder nach dem Notenblatt, es diesmal vorsichtig an den Rändern haltend. Dabei sah er mich an, als warte er auf eine Reaktion von mir. Ich war aber so verwirrt von der offenbaren Lüftung meines Geheimnisses, daß ich nur stehen blieb und merkte, wie mir der Schweiß ausbrach und ich rot wurde.

Da legte er behutsam seine Flöte aufs Cembalo und umarmte mich wirklich und wahrhaftig, drückte mir einen flüchtigen Kuß auf die Lippen und flüsterte in mein Ohr: Jetzt weiß ich, was ich bisher nur vermutete. Geliebte Anna Elisabetha, ich verehre Sie und werde mein Geheimnis bewahren auf ewig. Als er mich losließ und nach seiner Flöte griff, war ich nicht in der Lage, mich ans Cembalo zu setzen, als wäre nichts vorgefallen. Ich stand nur da und schaute ihn an.

Ich weiß nicht, wie lange wir so verweilten, Auge in Auge. Dann nahm er meine beiden Hände und legte seine Flöte hinein. Das bin ich, sagte er. Ich begebe mich ganz in Ihre Hände.

Du wirst verstehen, mein liebes Luischen, daß ich von den Gefühlen, die über mich kamen, nichts zu schreiben vermag, was Worte ausdrücken könnten. Ich wußte für einen unvergeßlichen Augenblick, wonach ich mich immer gesehnt habe und was ich mir für mein Leben wünsche. Liebe und Musik! Amore e musica! Unwillkürlich hatte ich diese beiden Worte ausgesprochen. Ich hielt immer noch seine Flöte in beiden Händen. Und dann küßte ich das Mundstück seiner Flöte dort, wo er es gleich an die Lippen setzen würde.

Ach, wenn doch dieser Augenblick nicht verginge!

Aber Signore Bassini trat mit einer Platte jener Vorspeisen ein, die ich so gerne esse. Auf dem Tablett standen zwei Gläser und eine Flasche Weißwein. Beides wurde auf ein kleines Tischchen abgestellt, Herr Bassini goß Wein in beide Gläser und verschwand wieder unter Bücklingen.

Francesco nahm seine Flöte aus meinen Händen, wickelte sie in das Samttuch und legte sie auf die Tastatur des Cembalos. Dann griff er nach meiner Hand und geleitete mich feierlich zu dem kleinen Tischchen, wo wir nebeneinander auf der Chaiselongue Platz nahmen.

So wünsche ich mir mein Leben, mit Ihnen an meiner Seite und wir beide erfüllt von Musik.

Trinken wir auf unsere Zukunft!

Und dann fing Francesco an, mir sein Leben zu erzählen, von seiner arrangierten Heirat mit einer reichen Florentinerin, von der Geburt seines Sohnes und schließlich vom

Tod seiner Frau im Kindbett. Seine Schwester und ein paar Kindermädchen haben den Sohn aufgezogen, während er an verschiedenen Fürstenhöfen als Musiker und Compositeur angestellt war. Übrigens, fügte er hinzu, es besteht hier in Italien keine Notwendigkeit, den Namen einer Frau als Compositeurin zu verschweigen. Wir haben sogar hier in Florenz eine bekannte Dame, die komponiert hat, allerdings ist sie schon vor ungefähr sechzig Jahren gestorben. Ich werde mich bemühen, eine der Sonaten von Francesca Caccini in einem nächsten Konzert aufzuführen. Schließlich bin ich jetzt wieder in meiner Heimatstadt, möchte ihren Ruhm als musikalische Stadt vermehren und gerne hier bleiben.

Ich sollte jetzt auch aus meinem Leben erzählen, fing ich an. Aber es gibt eigentlich nichts Besonderes zu berichten. Wir haben ziemlich einsam auf dem Lande gelebt, und die Eltern hatten die Idee, mir, wie das in Mode kam, Clavecinspielen beibringen zu lassen. Jener Herr Sieber war mein erster und sehr geduldiger Lehrer.

Francesco lächelte sein gütiges Lächeln und sagte leise: Ich hatte von Anfang an eine Vermutung; denn professionelle Compositeure sehen zu, daß sie möglichst schnelle Sätze verfassen, also Allegri con brio und Presti, damit die Instrumentalisten mit Bravour begeistern und sie dementsprechend auch bezahlt werden. Für die langsamen Sätze gibt es weniger Geld.

Das also ist die Erklärung für die Fingerübungen in Ihren Sonaten, sagte ich.

Ja, das muß sein, sonst spielt keiner Ihre Stücke. Diese wunderbaren Largi und Andante sind nur etwas für richtige Musiker. Das habe ich sofort gespürt. Meine Liebe zu Ihnen kam über Ihre Musik, sagte er dann leise. Sie haben meine Seele berührt.

Was soll man da noch antworten?

Ich legte meinen Kopf auf seine Schulter, und so blieben wir eine Weile schweigend sitzen.

Und jetzt spielen wir Ihr neues Andante!

Wir übten dann noch fleißig an den schnellen Sätzen einer Barsanti-Sonate, und als es Zeit war für ihn, mit seinem Hoforchester zu proben, verabschiedeten wir uns, vor den Augen des Herrn Bassini, der pünktlich erschienen war, um Herrn Veracini hinauszugeleiten.

Und jetzt sitze ich hier an meinem Schreibtisch und denke mit Sehnsucht an Dich, mein liebstes Luiseken! Wie schön wäre es, wenn Du hier bei mir wärst!

Ich behalte Deinen Reisewunsch in meinem Sinn und werde den Herrn Papa immer wieder daran erinnern, daß auch Du etwas von der Welt sehen solltest!

Bleibe gesund und munter und denke mit Liebe an Deine Dich herbeisehnende

Anna Elisabeth.

Geliebtes Annalieseken,

heute kamen zwei Briefe aus Italien, einer von Papa für Mama, und einer von Dir für mich. Der Postillion hat mir zugezwinkert und mir Deinen Brief sogleich zugesteckt, bevor Mama langsam und würdevoll die Treppe herab kam, um ihre Post in Empfang zu nehmen. Als er wieder auf den Kutschbock stieg, pfiff er fröhlich und winkte mir zu.

Na, aber! Was nimmt er sich heraus? Mama schüttelte den Kopf, war aber dann beschäftigt, alle die wichtigen Nachrichten aus Papas Brief zu entnehmen.

Wie ich erfahren habe, als ich Tante Agathe und ihren Bruder Willi belauschte (ja, er ist immer noch hier und verbreitet seinen Tabakqualm, wo immer er steht und geht): es ist jetzt wirklich eine Reise geplant!

Stell dir vor, jammerte das Tantchen, jetzt sollen auch die beiden Jüngsten nach Italien fahren. Ohne Mama! Nur mit ihrem Lehrer! Ist das jetzt standesgemäßes Reisen? Man findet keine Worte! Nicht einmal eine Anstandsdame soll mitreisen.

Na, wenn der Lehrer dabei ist, kann ja nichts passieren. Ist alles halb so schlimm, wirst schon sehen. Und während die Kinder weg sind, haben wir es besonders gemütlich hier. Hat doch alles seine Vorteile, was meinst du?

Und Onkel Willi zog eifrig an seinem Pfeifchen.

Er denkt halt, wie die meisten, nur an sein eigenes Wohlbehagen. In diesem Falle steht es günstig für mich. Wenn wir allein mit Herrn Müllerson reisen, was wird er uns alles zeigen und erklären! Ich freue mich so, daß ich mich kaum zurückhalten kann. Dabei weiß ich, daß ich kühl bleiben muß, damit Mama ihre Zustimmung erteilt. Wenn sie wüßte, wie ich dem täglichen Beisammensein mit meinem Lehrer entgegen fiebere, würde sie mit Sicherheit für eine andere Reisebegleitung sorgen.

Ich habe Deine lieben Zeilen über den Herrn Veracini mit tiefer Anteilnahme gelesen. Wie glücklich mußt Du sein! Und was für eine Zukunft hast Du vor Dir! Mit einem Musiker, der Deine Kompositionen liebt!

Wenn ich allerdings an Papa denke, sehe ich Dein Glück in mehrfacher Hinsicht gefährdet. Eigentlich hat er ja für Dich in den Adelshäusern nach einem würdigen Partner gesucht. Dieser Lorenzo ist zwar nicht vom Adel, aber vom Geldadel. Und wenn er fleißig seine gewebten Kunstwerke an den Fürstenhof liefert, ist seine Nobilisierung sicher nicht fern. Papa läßt sich eben nur zu gerne von Reichtum und jugendlichem Aussehen blenden. Ich fürchte, es wird noch manche Auseinandersetzung bevorstehen. Umso schöner wird es sein, wenn ich Dir beistehen kann.

Wir sollen ja, wenn ich dem erlauschten Gerede von Agathe und Willi glauben soll, noch in diesem Monat aufbrechen. Herr Müllerson hat auch insofern einen guten Einfluß auf Mama, als er ihr erzählt hat, daß wir auf der Reise bei seinen Großeltern eine Weile uns von den Strapazen erholen können, bevor wir nach Florenz weiterziehen. Wie ich mich auf all die neuen Eindrücke freue!

Unser Brüderchen ist nicht so angetan von diesen Aussichten. Aber daß es auf dem Gutshof der Großeltern auch Pferde gibt, hat ihn einigermaßen versöhnt. Mit Italienisch hat er nach wie vor seine Schwierigkeiten, weil er natürlich nicht wirklich interessiert daran ist, diese Sprache zu lernen. Wozu, sagt er nur immer, ich will ja nur meine Pferdezucht vervollkommnen. Mama sieht das anders, sie hofft auf den guten Einfluß des Herrn Müllerson. Bisher allerdings hat er wenig bewirkt bei August.

Bei mir sieht das ganz anders aus. Wir können uns bereits über tägliche Begebenheiten gut auf Italienisch unterhalten; Herr Müllerson hat angekündigt, auf der Reise nur italienisch zu sprechen. Da wird unser Augustlein sicher ziemlich schweigsam sein!

Ich bin schon sehr gespannt auf den Gutshof von Marcos Großeltern. Er hat zwei Schwestern ungefähr in meinem Alter, die auch dort wohnen. Sie sollen einmal mit geeigneten Ehemännern die Landwirtschaft weiterführen, nachdem der männliche Enkel, also Marco, kein Interesse daran hat.

Ach, jetzt ist es mir doch so rausgerutscht. Ich nenne meinen Lehrer schon längst bei seinem Vornamen, den seine Mutter für ihn ausgesucht hat. Manchmal kommt es mir unpassend vor, diesen mir so vertrauten Menschen mit »Herr« anzureden. Er hat übrigens von Anfang an nur meinen Vornamen als Anrede benutzt, wahrscheinlich, damit August, der ja sein eigentlicher Schüler ist, keinen Unterschied bemerkt.

Ich weiß nicht, ob das in Italien allgemein so üblich ist: Mein Lehrer vermeidet auch in der Anrede seiner Arbeitgeberin, also unserer Mama, floskelhafte Titulierungen. Er verneigt sich leicht, wenn er mit ihr spricht, redet sie aber nur mit »Madame« an und verwendet keine der bei uns üblichen Schmeicheleien. Mama hat sich noch nicht beschwert. Tante Agathe allerdings, die fast keinen Kontakt mit Marco hat, bemerkte bissig, er zeige wenig Respekt. Wahrscheinlich war sein Bückling, als er sie begrüßt hat, nicht tief genug. Je dümmer die Leute sind, desto mehr bestehen sie auf solchen Formalitäten. Ich finde es angemessen, daß ein Lehrer zeigt, wer beim Unterrichten den Ton angibt. Wie unsinnig, wenn er unseren faulen August mit Hoheit oder Exzellenz anreden würde. Die Hoheit gebührt dem Lehrer, der mehr weiß als seine Schüler.

Vielleicht wirst Du Dich wundern, daß ich solche un-
standesgemäßen Ansichten habe. Aber mit zunehmen-
der Erkenntnis hat sich in mir die Meinung gebildet, daß
die Menschen sich in ihrer Qualität nicht nach Reichtum
oder Titel bemessen. Das sieht man, wenn man die Augen
nicht verschließt, schon an unseren adeligen Nachbarn und
ihren Nachkommen. Sie verbringen ihre Tage in Müßig-
gang und Spielsucht, sie drangsalieren ihre Dienstboten
und leben vom angehäuften Geld ihrer Vorfahren. Langsam merken sie, daß auch ererbte Reichtümer einmal zu
Ende gehen, wenn man nichts hinzufügt. Fast alle unsere
hochadligen Nachbarn leben auf Pump und haben keine
Ahnung, wie sie ihre Schulden wieder loswerden könnten.
Papa ist eine rühmliche Ausnahme, weil er bald erkannt
hat, daß man außer der Landwirtschaft noch eine zweite
Einnahmequelle haben sollte.

Ich erinnere mich noch gut an die heimliche Verachtung,
die er aushalten mußte, weil er bei uns eine Weberei eingerichtet hat und später dann sogar eine Färberei. Aber inzwischen sind wir die einzigen, die keine Schulden haben.
Das ist auch mit ein Grund, weswegen die Jünglinge dieser
bei Hofe angeblich angesehenen Grafschaften und Für-
stentümer sich so eifrig um meine Gunst bemühen. Wenn
sie wüßten, wie ich sie allesamt verachte! Mama läßt mich
gewähren, wenn ich einen um den andern abblitzen lasse.
Sie lächelt dann fein und überhört die spitzen Bemerkun-
gen von Tante Agathe. Ich vermute, sie verspricht sich von
meiner Italienreise eine standesgemäße Ehe für mich und
hofft wahrscheinlich, daß die Anzahl der adeligen Dumm-
köpfe in Italien nicht so überhand genommen hat wie bei
uns auf dem Lande.

Wann genau wir aufbrechen, steht noch nicht fest. Sobald
wir bei Marcos Großeltern angekommen sind, schreibe

ich Dir. Die Adresse habe ich gleich auf den Umschlag geschrieben, damit Du weißt, wohin Dein nächster Brief an
mich zu gehen hat.

Ich wünsche Dir ein schönes nächstes Konzert mit Deinem Francesco!

In Liebe

Luise

Mein liebstes Luischen,

wenn Dich dieser Brief erreicht, hast Du schon über die Hälfte der Reise hinter Dir. Ich hoffe nur, daß bei Marcos Großeltern im Norden von Italien nicht auch solche mörderisch heißen Tage zu überstehen sind wie hier in Florenz.

Es gibt übrigens eine besonders leichte Kleidung für diese Hitze, und Tante Agathe würde wahrscheinlich ihre dürren Ärmchen zusammenschlagen, wenn sie mich so sehen würde. Weder Korsett noch Reifrock trägt man hier tagsüber, und das ist auch vernünftig, denn schon nach weniger als einer Stunde müßte man sich wieder neu einkleiden. Ich trage schon seit bald zwei Monaten diese wehenden Musselinkleider, die sich so gar nicht an die feuchte Haut anschmiegen, sondern bei jeder Bewegung um den Körper flattern wie durch leichten Windhauch bewegt. Auch die Männer verzichten auf gestickte Samtwamse und anliegende Beinkleider. Francesco trägt ein weites Hemd, das er nur lose mit einem leichten Jackett bedeckt; er wirkt damit so jugendlich und frei, wie sein steifer Sohn das mit seinen kunstvollen Westen nicht erreicht.

Wir musizieren jeden Tag am späten Vormittag, nehmen dann einen Imbiß zusammen, bevor Francesco zum Hofe eilt, wo er als Dirigent seine fast tägliche Musikbegleitung zu den fürstlichen Diners darbietet. Er hat eins meiner Adagios für Streicher eingerichtet und das Stück bereits mehrfach mit seinem Orchester gespielt. Nach wie vor heißt der Komponist Sieber, und damit es auch richtig deutsch klingt, habe ich ihm den Vornamen Zacharias gegeben. Was haben wir gelacht, als Francesco diesen Namen auf das Notenblatt geschrieben hat! Aber er meint, ich solle möglichst bald meinen Namen unter meine Kompositionen schreiben; das würde meiner Reputation in Italien nicht schaden, im Gegenteil!

Du hast recht, wenn Du befürchtest, daß Papa, wenn er irgendwann einmal bemerkt, was Francesco und mich verbindet, sein gestrenges Veto aussprechen würde. Aber noch ist er höchst beschäftigt damit, sich bei Lorenzo zu erkundigen, wo man solche Webstühle, mit denen er seine Kunstwerke herstellt, bauen lassen könnte, um sie nach Deutschland mitzunehmen. Wahrscheinlich rechnet er sich aus, daß man solche gewebten Bilder zur Ausstattung am königlichen Hofe kaufen wird. Die filigranen Fäden aus Gold, Silber und Seide muß er natürlich auch besorgen, und er hat auch schon die Fühler ausgestreckt nach einem Meisterweber, der als Lehrer an solchen Webstühlen unterrichten müßte.

An etlichen Sonntagen hat Papa hier in unserem Haus eine große Tafel anrichten lassen, wozu er dann Lorenzo, seine Tante Margarita (Francescos Schwester) und Francesco einlädt, dazu noch seine zwei Geschäftspartner, für die er Stoff- und Farbmuster mitgebracht hat.

Um diese steife Gesellschaft etwas zu lockern, gibt es nach den Vorspeisen eine musikalische Einlage, die Francesco als Flötist und ich als Begleiterin darbieten. Wir spielen dann die schnellen Sätze aus den schon bekannten Sonaten, und die Zuhörer begeistern sich vor allem an der Virtuosität des Flötenspiels. Je schneller wir die Allegri nehmen, desto heftiger klatschen sie danach. Es genügt, wenn wir uns kurz anlächeln, dann brauchen wir keine großen Worte mehr zu wechseln. Einmal sagte Francesco, er komme sich vor solchem Publikum vor wie in einem Zirkus.

Wenn ich dann beim Hauptgericht (meist ein dünn aufgeschnittenes Rindfleisch) zwischen Papa und Lorenzo sitze, kommt mir mein Leben unwirklich vor. Der junge Veracini bedient mich artig, ich fürchte manchmal, daß er mich gar füttern will. Ich habe Mühe, mich seiner tätschelnden Hände zu erwehren. Papa sieht uns gütig lächelnd zu. Ich vermute, er stellt sich schon vor, wie er den künftigen Schwiegersohn mit nach Deutschland nimmt, damit er ihm die Kunstweberei einrichtet.

Ein klärendes Gespräch hat übrigens noch nicht stattgefunden. Wahrscheinlich nimmt er an, es ist pure Koketterie, wenn ich auf die Avancen des hübschen Lorenzo nicht eingehe.

Francesco sitzt bei diesen Diners neben seiner Schwester, die ihren Neffen ganz offensichtlich anbetet. Er ist ja gewissermaßen ihr Kind, weil sie ihn aufgezogen hat. Ich habe den Eindruck, daß sie mich nicht besonders leiden kann. Sie gibt mir nur immer kurz die Hand und sieht mir nicht in die Augen. Auch zu meiner Musik hat sie noch kein anerkennendes Wort gefunden. Wenn sie wüßte, daß ich ihr ihren Lorenzo gar nicht wegnehmen will! Daß sie ihn auf immer und ewig behalten kann!

Francesco beteiligt sich so gut wie gar nicht an der Konversation. Es ist ja auch ständig nur von Arbeitsgängen und möglichen Kundschaften die Rede, von Preisen und möglichen Abnehmern im Ausland.

Einmal hat mich Francesco direkt gefragt:

Gefällt dir mein Sohn?

Ich habe aber nur gelacht und keine richtige Antwort gegeben. Wem gefällt er nicht, habe ich gesagt, so schön und reich wie er ist?

Darauf hat er tief aufgeseufzt, so daß ich ihn mit einem Kuß trösten mußte.

Aber während dieser Diners sieht er nur vor sich auf den Teller und tut so, als würde er Lorenzo und mich gar nicht beachten. Am liebsten würde ich mich dann zu ihm setzen, ihn bei der Hand nehmen, vor Papa treten und verkünden, daß wir uns lieben und heiraten werden. Dazu fehlt mir aber der Mut, und ich befürchte, ich würde alles zerstören, wenn Papa mit eiserner Hand dazwischen fährt.

Was soll ich nur tun?

Ich möchte so gerne mit Dir einen Plan schmieden, wie ich aus diesem Dilemma herausfinden könnte. Komme nur bald und eile mir zu Hilfe!

Deine verzweifelte Schwester
Anna Elisabeth

Liebstes, unglücklich verliebtes Annalieseken!

Als Adresse habe ich die nächste Hauptstadt angegeben, weil ich immer noch Schwierigkeiten habe, den Namen von Marcos Großelternhof korrekt auszusprechen .

Dein Brief hat diesmal nur etwas über eine Woche gebraucht, bis er hier bei mir ankam. Einerseits freue ich mich über Deine Verbundenheit mit dem Compositeur Veracini, andererseits wird mir bange, wie Papa Deine Entscheidung für den doch erheblich älteren Francesco aufnehmen wird. Und, glaube mir, ich kann mich sehr gut in Dein Problem einfühlen.

Ja, meine liebe Anna, wir beide sind gleichermaßen mit der Wahl unserer Partner im Widerspruch zu allem, was unsere Eltern mit uns vorhaben.

Ich erzähle Dir sicher kein Geheimnis, wenn ich Dir bekenne, daß mich mit unserem Lehrer mehr als nur die Verehrung für sein Wissen und sein pädagogisches Geschick verbindet. Seit wir bei seinen Großeltern leben, ich seine beiden reizenden Schwestern kennengelernt habe und sehe, wie auch August sich in den Stallungen an den schönen Pferden erfreut – also seit mehr als zwei Wochen, ja, wie soll ich Dir begreiflich machen, wie nahe mir seither mein verehrter Lehrer gekommen ist.

Auch hier trägt man im Sommer weder Reifrock noch Wams, sondern Marcos Schwestern und auch seine Großmutter haben leichte Leinenkleider an, sehr weit geschnitten, und darüber tragen sie eine blaue Schürze. Sie haben mich gleich mit dieser Art von Garderobe ausgestattet, und so laufe ich den ganzen Tag ziemlich unbeschwert mit den beiden Mädchen im Garten umher. Ich ernte mit ihnen die reifen Tomaten, die wir dann in der Küche zu einem dicken Mus verkochen. Daraus entstehen die wunderbarsten Gerichte – aber davon berichte ich Dir später. Es war in der großen Küche, daß Marco mich beim Rühren einer Tomatensuppe bemerkte, sich heranschlich, ohne daß ich ihn bemerkte, und dann, als ich ihn so nahe sah, derartig erschrak, daß ich den Holzlöffel fallen ließ und Tomatenspritzer auf seinem weißen Hemd sichtbar wurden. Ich wollte gleich mit einem sauberen, feuchten Lappen diese Spritzer beseitigen. Aber er nahm meine rechte Hand und legte sie auf sein Herz. Und dann umarmte er mich und bedeckte mein Gesicht über und über mit Küssen.

Wie kann ich Dir beschreiben, was ich da fühlte? Höchste Glückseligkeit, das trifft es am besten.

Warum bleiben wir nicht auf immer hier und sind glücklich? Dein Bruder kann als Alleinerbe Schloß und Fabrik erben, das kümmert uns nicht. Ich werde wieder in Piacenza als Lehrer arbeiten, und du als meine Frau wirst an allem neuen Wissen, das ich im Laufe der Zeit noch erwerben werde, Anteil haben.

Ich hatte Tränen der Rührung in den Augen, als ich ihn so sprechen hörte. Ja, sagte ich leise, ich will nichts anderes als deine Frau werden.

Du siehst, es ergeht mir wie Dir. Und wenn der König persönlich um meine Hand anhalten würde, ich hätte nur eine Antwort: Nein. In zwei Tagen reisen wir weiter nach Florenz, aber ich habe Angst vor dem gestrengen Herrn Papa! Wie ich mich freue, Dich endlich wieder in meine Arme zu schließen!

Deine Dich liebende Schwester Luise

Liebste und theuerste Mama!

Seit gestern sind wir drei Geschwister das erste Mal seit Monaten wieder vereint. Wir leben, wie unser Papa Euch sicherlich schon mitgeteilt hat, ein bißchen außerhalb der Stadt in einem sehr geräumigen Haus im hiesigen Toskana-Stil, also mit einem säulengeschmückten Treppenaufgang, mit einem Saal für Feste oder Konzerte und mit vielen Einzelzimmern, die alle einen Blick auf die Orangen- und Zitronenbäume freigeben. Die Küche im Erdgeschoß hat sich der Zubereitung der köstlichsten einheimischen Gerichte gewidmet, ein Ober-Koch herrscht über zwei Köchinnen, und was sie an Wunderbarem zustande bringen, ist zum Großteil der hiesigen Vegetation zu verdanken. Gleichwohl habe ich einige Rezepte gesammelt, die ich für unsere tüchtige Sophie mitschicke.

Wie hat Papa sich gefreut, als unser Augustlein ihn gleich mit einer italienischen Anrede bedachte, die ihm sein Lehrer beigebracht hatte. Trotz der herrschenden Hitze soll ja, wie Papa ausdrücklich erklärte, der Unterricht weitergeführt werden. August wird also jeden Tag mindestens drei Stunden mit Lektionen geplagt werden, bis er dann mit Papa zu künftigen Kunden fahren wird. Sicher muß er einige neue Wörter und Sätze auf Italienisch lernen, um damit Eindruck zu machen. Am Sonntag, so hat Lorenzo, von dem Ihr sicher schon gehört habt, angekündigt, uns zu einem großen Pferdehof zu fahren, wo unser Augustlein dann seine Fertigkeit im Reiten demonstrieren kann.

Unser kleines Luiseken ist von der Kutschenfahrt noch ein bißchen mitgenommen, und sie ist auch traurig, weil sie ihre neuen italienischen Freundinnen, die Schwestern ihres Lehrers, verlassen mußte. Außerdem ist es so heiß, daß man am besten im schattigen Zimmer bleibt und das Ausgehen und Erforschen der neuen Umgebung auf den späten Abend verschiebt.

Ich hatte Zeit, mich an die heißen Temperaturen zu gewöhnen. Wie Papa sicher berichtet hat, darf ich an den Konzerten mitwirken, die an manchen Sonntagen hier in unserem Saal stattfinden. Ich wünschte, Ihr könntet hören, wie man hier die neueste Musik spielt.

Jeden Tag sitze ich an meinem Cembalo und übe für diese Aufführungen. Falls Herr Sieber bei Euch seine Aufwartung macht, bitte ich herzlich, ihm zu berichten, wie dankbar ich ihm für seinen Unterricht bin und wie gerne ich nach wie vor an meinem Instrument sitze und übe. Einige der Compositeure, die hier in Mode sind, habe ich sogar selbst kennengelernt. Es ist eine viel lustigere Art des Componierens und auch Spielens, als es bei uns im kälteren Norden üblich ist.

Ihr werdet hoffentlich nicht in trauriger Verlassenheit wegen unserer Abwesenheit verharren. Gibt es doch den allzeit gut gelaunten Onkel Willi und seine Schwester, unsere theure Tante Agathe, die beide für Unterhaltung sorgen werden.

Wann wir wieder dieses schöne, sonnige Land verlassen werden, steht noch nicht fest. Papa hat noch einige Geschäfte zu tätigen, bevor er wieder nach Hause zurückkehren wird. Übrigens habe ich ein paar Bildchen gemalt, die zeigen sollen, wie lieblich diese Gegend ist. Ich füge sie bei.

Lebt vergnügt und glücklich, bis wir uns wiedersehen!

Eure Euch innigst liebende Tochter Anna Elisabeth

Liebste, theuerste Mama!

Dem Briefe meiner lieben Schwester Anna Elisabeth füge ich ein kurzes Schreiben bei, das Euch versichern möge, wie gut es uns hier unter Papas Fürsorge geht. Auch Augustlein versichert Euch seines liebevollen Gedenkens! Er ist mit dem Herrn Papa im Augenblick unterwegs und wird sich wahrscheinlich kräftig anstrengen, auf Italienisch zu antworten, wenn ihm die neuen Kunden Fragen stellen. Nach solchen Ausflügen ist er immer völlig erschöpft und gibt vor, sich nicht mehr auf Mathematik konzentrieren zu können. Der Schlingel!

Aber unser Herr Müllerson bringt ihn dann doch jedesmal dazu, bei den Lektionen anwesend zu sein. Papa hat verfügt, daß der normale Unterricht hier weitergehen soll. Ich sorge auch stets dafür, daß unser künftiger Schloßherr seine Aufgaben pünktlich erledigt und nicht vorzeitig wieder in die Stallungen des Nachbarn entwischt.

Wir drei sitzen des Abends noch immer lange auf der überdachten Terrasse und vergnügen uns mit allerlei Spielen, manchmal auch erfreut uns Annalieschen mit einem lustigen Cembalostück, das durchs offene Fenster zu uns in den Garten dringt. Dann denken wir mit Sehnsucht an unsere geliebte Mama, die sich nicht unter der südlichen Sonne ergehen kann, sondern mit Tante Agathe und Onkel Willi im kühlen Salon sitzt und hustend den Tabakqualm erträgt. Wie sehr wünschten wir uns unsere liebste Mama hier bei uns!

So hoffe ich, daß Ihr wohl seid und bedenke meine allerliebste Mama mit tausend Küssen!

Euer »kleines« Luiseken

Schloß Dunkelsbrück, 3. September 1701

Meine geliebte Anna Elisabeth!
Ich ergreife die Feder, mich mit dir zu unterhalten, dir aufs herzlichste für deinen Brief zu danken, in dem ich viel davon erfahren habe, wo ihr wohnt und wie ihr verköstigt wird. Auch von der exotischen Landschaft, in der ihr nun schon so lange lebt, hast du mir berichtet.

Inzwischen ist auch ein Brief eures Vaters hier eingetroffen. Er erzählt allerdings wenig von den äußeren Lebensumständen, sondern legt das Hauptgewicht seines Briefes auf die seelischen Zustände, in denen ihr euch befindet.

Erst dachte ich, Papa hätte mir durch den Boten eine große Freude geschickt, aber dem war nicht so.

Es geht, meine liebe Tochter, um die Wahrung Deiner Tugend und Deines guten Rufes. Wie Papa mir berichtet, hat ein Diener ihn darauf aufmerksam gemacht, daß dich mit dem Flötenspieler, den du am Cembalo begleitest, mehr als nur ein freundliches Musizieren verbindet. Er hat euch beobachtet, wie ihr Händchen haltend auf einer Ottomane zärtliche Blicke getauscht habt.

Ich sehe dich im Geiste in einem Umfeld, das dein künftiges Glück mit Sicherheit nicht gewähren wird. Und ich gebe dir den dringenden Rat: Halte dich fern von den leichtlebigen Musikern! Vertraue deinen Eltern, die für dich einen tugendhaften Mann vorsehen, der Vernunft über Sinnengenuß stellt. Du meinst vielleicht, daß man, wenn man lieben könnte, was und wen man wollte, auf ewig glücklich sein könnte. Das Gegenteil ist der Fall. Unsere Sinne blenden uns, löschen gar oft die Tugend aus.

Du hast mir tiefe Schmerzen gegeben. Was nur hat dich deine gute Erziehung vergessen lassen? Weißt du nicht, daß wir Frauen uns nicht durch voreiliges Handeln, sondern durch Dulden auszeichnen sollen?

Papa hätte, das siehst du wohl, sogleich gegen dich und diesen pflichtvergessenen Musiker vorgehen können. Er hätte dir den Umgang mit ihm allsogleich verbieten und dich ohne Umschweife mit einem Manne verehelichen können, der seiner Sorge für dich am ehesten entspricht. Daß er diese ungewöhnliche Geduld aufgebracht hat, zuerst mir davon zu berichten, bevor er die Maßnahmen ergreift, die unserer Tradition gerecht werden, zeigt, wie er sowohl dir als auch unseren Sitten Respekt zollt. Enttäusche uns nicht! Ich muß dir nicht sagen, was dich erwartet, wenn du dich dickköpfig und unbelehrbar zeigst. Papa hat, wie er des weiteren schreibt, bereits einen würdigen Heiratskandidaten für dich ausgesucht.

Wir erwarten von dir, daß du unverzüglich diese schändlichen Tête-à-têtes einstellst und dich in allem unseren elterlichen Wünschen unterordnest. Du wirst erleben, wie Ruhe und Ordnung dein Leben wieder in rechte Bahnen lenkt.

Ich hoffe, du nimmst dir meine Ermahnungen recht zu Herzen und denkst in Liebe an

deine dich ewig liebende Mutter.

Liebstes, kleines Luiseken!

Ich hätte eher Lust, mit dir zu reden als dir jetzt zu schreiben! Einen lieben Brief hast du mir zugedacht. Und daher kann ich mir sehr lebhaft vorstellen, wie ihr drei Geschwister im fernen Süden lebt und euern Aufenthalt dort genießt.

Wir haben hier inzwischen kühle Abende, an denen wir schon das Kaminfeuer entzünden. Der Tag ist ausgefüllt mit den vielen Bemühungen, den Obstgarten und die Gemüsebeete zu kultivieren und die Kisten mit der Ernte auf den Markt zu bringen. Sepp kutschiert zweimal die Woche unsere Erträge an die Wiederverkäufer. Er hat sich sehr nach dir und August erkundigt und wünscht euch alles Gute. Er freut sich offenbar auf die Zeit, wo ihr ihn wieder begleitet auf seinen Fahrten in die Stadt.

Mit Freude erfahre ich, wie du dich um die Bildung deines Bruders sorgst. Bitte überstelle Herrn Müllerson meine freundlichsten Empfehlungen. Ich bin ihm sehr verbunden.

Laß mich dir gestehen, daß ich sehr gelacht habe über deine Bemerkung zum Tabakqualm unseres lieben Onkels. Er hat neben seinem Pfeifengenuß auch noch die Fähigkeit, uns am Abend mit allerlei Geschichtchen aus seinem Leben am Hofe zu unterhalten. Selbst Tante Agathe kann sich hinter ihrem gestickten Tüchlein eines Grinsens nicht erwehren.

Sorge dich nur nicht um mich! Ich bin gesund und freue mich sehr auf das Weihnachtsfest, das uns alle wieder hier vereint sehen möge!

Deine dich liebende Mama

Mein lieber Sohn August!

Von Papa weiß ich, wie Du Dich bemühst, die italienische Sprache zu lernen. Das erfreut mich sehr, umso mehr, als Papa in Hinkunft lebhaften Handel mit diesem schönen Land plant. Deine lieben Schwestern haben mir berichtet, daß Ihr Drei Euch gut versteht und die Abende gemeinsam mit Spielen auf der Terrasse verbringt.

Bei uns ist leider die Zeit, wo wir uns im Freien aufhalten könnten, endgültig vorbei. Gut, daß wir einen großen Holzvorrat während der Sommermonate angehäuft haben. Schon jetzt brennt jeden Abend das Kaminfeuer, vor dem wir, Deine Tante Agathe und Dein Onkel Wilhelm und ich uns einfinden, um den Tag ausklingen zu lassen.

Mit der Ernte hatten wir heuer Glück, es gab Sonne und Regen in guter Mischung, und die Erträge waren so, daß wir allein davon hätten den Winter überstehen können. Zusätzlich waren unsere Weber und Färber so tüchtig, einige der begehrten Leinenballen fertig zu stellen. Unsere Sophie beherrscht nicht nur ihre Hauptaufgabe, das Kochen, sondern hat sich auch über Webe- und Färbetechnik ein Wissen angeeignet, das es ihr erlaubt, hin und wieder im Keller nach dem Rechten zu sehen. Sie ist mir in mehrfacher Hinsicht unentbehrlich geworden. Ich werde mit Papa beraten, ob wir ihr vielleicht ein eigenes Haus in der Nähe bauen lassen sollen, damit sie uns zuverlässig erhalten bleibt.

Du siehst, mein liebes Augustlein, wie mannighaft die Aufgaben sind, die Dich als künftigen Schloßherren erwarten. Mögest Du nicht nachlassen in Deinem fleißigen Bestreben!

Deine Dich von Herzen liebende Mama

Liebste und beste Mama!

Kein flüchtiger Gruß soll mein Brief an Euch heute werden! Ich kann nicht leugnen, daß mich Euer Schreiben mit Wehmut erfüllt hat. Ich habe Euch Schmerzen zugefügt, ohne auch nur eine Ahnung von der Ursache dieses Schmerzes zu haben!

Eure ernsten Zeilen – mit welch traurigem Gefühl habe ich sie gelesen. Es tut mir in der Seele weh, Euch Kummer bereitet zu haben. Dennoch ist mir nicht begreiflich, wie die Intrige eines Dienstboten eine solche Tugendpredigt verursachen konnte. Den Himmel habe ich gebeten, mich zu erleuchten, Euch voll fester Hoffnung zu schreiben und mir gute Gedanken zu verleihen. Meine Worte mögen an Euer Herz rühren!

Ich kann Euch versichern, nichts Unrechtes getan zu haben. Der italienische Compositeur und Flötist, mit dem ich bisher in zwei Konzerten als seine Begleiterin am Cembalo aufgetreten bin, ist ein angesehener Bürger und Directeur der Hofkapelle.

Mit ihm zu musizieren, ist wirklich ein seltenes Vergnügen.

Ihr sprecht von Ruhe und Klarheit, die mir zuteil werden würden, wenn ich den Kontakt mit diesem mir lieb gewordenen Menschen einstellte. Ich fühle, seit mich mit ihm ein tiefes Gefühl der Verbundenheit eint, eine unendliche Fülle und Ruhe in mir, die ich noch nie vorher gekannt habe. Es ist, als würde ich jetzt, in dieser Gegenwart, erst richtig zu leben lernen.

Wenn Ihr darin etwas Unerlaubtes oder Ruchloses zu sehen meint, dann weiß ich, daß Ihr diesen Musiker weder kennt noch ihn gerecht beurteilt. Von Leichtlebigkeit kann bei ihm keine Rede sein. Er hat, bevor er seine Lebensaufgabe in der Musik wahrmachen konnte, auch erfolgreich als Inhaber einer Textilmanufaktur gewirkt.

Mich bedrückt der Gedanke, daß Ihr einem Domestiken mehr glaubt als mir. Gleichwohl möchte ich Euch gegenüber meine wahren Gefühle zu Herrn Veracini nicht verleugnen. Unser gemeinsames Musizieren hat mir anschaulich gemacht, was wir uns gegenseitig bedeuten. Ich kann mir für mein Leben nichts Schöneres vorstellen, als künftig mit ihm vereint zu sein.

Ihr wißt, was das bedeutet. Und ich weiß, daß Papa mit Sicherheit andere Heiratspläne mit mir hat.

Ich weiß von einem Kandidaten, der Reichtum und gutes Aussehen in sich vereint, und den der Herr Papa mir zugedacht hat. Es ist aber so, daß ich für diesen Kandidaten nichts empfinde außer einem gewissen Abscheu, weil er mich aufdringlich verfolgt. Und, als er Luischen das erste Mal sah, wechselte er sofort in seiner Aufmerksamkeit zu meiner Schwester hin, die sich seiner kaum erwehren konnte. Was sollte ich mit einem solchen Ehemann, der sich im Handumdrehen einer Jüngeren zuwendet, wenn sich eine günstige Gelegenheit dazu bietet?

Liebste Mama, Ihr wollt das beste für mich, Eure älteste Tochter! Was kann es Erstrebenswerteres geben, als sein Kind glücklich zu wissen?

Ich bitte Euch, der Wahrheit meiner Gefühle Glauben zu schenken und dem Gedanken einer Verbindung mit meinem verehrten und geliebten Compositeur in Eurem Herzen zuzustimmen.

Ich glaube an die Kraft der Liebe. Und das Glück meines Lebens wird der Dank sein, den ich Euch schulde.

Liebste Mama, stellt Euch nicht gegen mich, ich bitte Euch! Legt ein gutes Wort für mich beim Herrn Papa ein!

Beste Mama, mit Ungeduld erwarte ich Eure Antwort. Ich grüße Euch von Herzen!
Eure Anna Elisabeth

Liebste und theuerste Mama!

Zwischen Weinen und Lachen haben mich Eure letzten Briefe angetroffen. Anna-Elisabeth gab mir Euern Brief zu lesen, und da war mir sehr nach Weinen. Meine geliebte ältere Schwester von einem Dienstboten angeschwärzt! Ich kann Euch versichern, daß dazu kein Grund bestand.

Euer Brief an mich brachte mich dann aber zum Lachen. Ihr schreibt mir, als wäre ich noch ein kleines Kind, das nur an oberflächlichen Geschichten über Onkel und Tante interessiert sei. Vielleicht liegt es auch daran, daß ich ständig mit unserem Augustlein im Unterricht sitze, ihn dabei unterstütze, seine Aufgaben zu erledigen und selbst hinter ihm so gut wie verschwunden bin, wenn ich nicht die Ursache für Tante Agathes Unwillen bei meinem letzten Ball darstelle.

Meine liebe und verehrte Frau Mama! Ich bin gerade siebzehn Jahre alt geworden! Papa hat zu meinem Geburtstag ein kleines Fest veranstaltet, bei dem auch meine ältere Schwester und ihr Flötenpartner dazu beigetragen haben, daß es ein unvergeßlicher Tag wurde. Sie haben unser köstliches Diner mit lustiger Musik untermalt, und da hat alles noch einmal so gut geschmeckt! Ich habe einen Zettel für Sophie beigefügt, auf dem die Herstellung der kleinen Vorspeisen-Kuchen vermerkt ist – ich wünsche Euch jetzt schon guten Appetit beim Verspeisen!

Ich kann nicht leugnen, beste Mama, daß mich die Ermahnungen an Anna Elisabeth so betroffen machten, als seien sie an mich gerichtet. Dieses Eures letzten Briefes Ton hat mir tiefen Schmerz verursacht; denn auch mir wären Eure Ermahnungen zugedacht, wenn Ihr wüßtet, was mich im Innersten bewegt. Jedoch erfüllt mich vor allem der Gedanke und die Hoffnung, daß ich Euch mit meinen Gefühlen rühre und Eure Zustimmung gewinne.

Ihr wißt, daß ich mit Papas und Eurer Erlaubnis am Unterricht, den Ihr für August eingerichtet habt, insofern teilhabe, als ich meinen kleinen Bruder bei all seinem Lernen unterstütze. Diese Aufgabe erfülle ich immer noch, wenngleich mit einigen Schwierigkeiten; denn Augustlein ist eben nun mal nicht für Rechnen oder Sprachen zu haben, sondern entwischt mit allerlei Ausreden des öfteren, um zu seinen Pferden zu eilen. Unser Lehrer zeigte dafür insofern Verständnis, als er August, wenn er über Leibschmerzen wegen des langen Sitzens klagte, voll Mitleid ziehen ließ. Ich aber bin bei unserem verehrten Lehrer sitzen geblieben, so daß er mir weitere Aufgaben gestellt hat, was mich sehr freute. Auch die italienische Sprache hat er mir so beigebracht, daß ich nunmehr keine Mühe habe, den Gesprächen zu folgen, die Papa mit seinen Kunden hier führt.

Der Aufenthalt bei den Großeltern von Herrn Müllerson hat August und mir sehr gut getan. Ich habe mich mit seinen liebenswerten Schwestern angefreundet, und mein kleiner Bruder ist jeden Tag mit einem Begleiter ausgeritten, hat nebenbei ein bißchen mehr Italienisch gelernt als daheim in der Schulstube und war ebenso traurig wie ich, als wir wieder aufbrechen mußten. Nur die Aussicht, unseren Papa und Anna Elisabeth nach so langer Zeit wieder zu treffen, hat diese Trauer dann in freudige Erwartung verwandelt.

Und wirklich, wir waren ganz verzaubert von dem schönen Haus und dem großen Orangenhain, in dem es eingebettet liegt. Papa hat uns mit wunderbaren Gerichten überrascht, und jeden Tag hatten wir Gelegenheit, Anna Elisabeth am Cembalo zuzuhören und ihre Meisterschaft auf diesem Instrument zu bewundern. Auch bei einem

Konzert durften wir zuhören, das einige der Hofmusiker gegeben haben, und bei dem sowohl der Fürst als auch sein Gefolge anwesend waren. Anna Elisabeth hat im Hintergrund auf dem Cembalo begleitet, und als sie am Ende vortrat und einen vollendeten Hofknicks hinlegte, applaudierte das Publikum besonders heftig. Ich war sehr stolz auf meine musikalische Schwester! Und auch Papa merkte man an, daß er sich freute, wie souverän sie diesen Auftritt bewältigt hatte. Anders als bei uns, treten hier in Italien auch hin und wieder Künstlerinnen auf, denen immer ganz besondere Aufmerksamkeit zuteil wird. So gibt es eine Malerin, bei der wir zu Gast waren, die wunderbare Landschaften ganz lebensnah darstellt. Papa wird wohl, wenn seine Geschäfte weiterhin so florieren, eines ihrer Gemälde einer toskanischen Landschaft käuflich erwerben.

Ihr seht, meine liebe Mama, wie gut es uns hier geht!

Und doch, als ich Euren mahnenden Brief an meine Schwester las, da hat er mich so fremd angesehen, als wäre er nicht von einer liebenden Mutter geschrieben. Wohl ist er aus Gründen der Vernunft geschrieben und hat sicherlich das Beste für Anna Elisabeth im Sinn, aber all die Nützlichkeit, die Euren Vorschlägen zugrunde liegt, wird doch nicht den Gefühlen gerecht, die meine Schwester beseelen.

Wie ich dazu komme, darüber zu urteilen?

Verzeiht mir, liebe Mama, aber jetzt komme ich zum eigentlichen Brief, den ich Euch schreiben will – und dessen Inhalt wird Euch erstaunen oder gar entrüsten.

Wie in einem Spiegel lese ich in Annalieschens Gefühle für ihren Musiker; denn auch ich gestehe Euch heute, daß sich die Verehrung für unseren Lehrer, Herrn Müllerson, bei mir in tiefe Zuneigung gewandelt hat. Er ist der gescheiteste Mensch, den man sich vorstellen kann, und er weiß nicht nur trefflich über Literatur und Kunst zu sprechen, sondern ist auch – und das habe ich bei seinen Großeltern gesehen – in vielen praktischen Fähigkeiten überragend. Ihr werdet einwenden, daß Klugheit und Technik nicht genug seien! Ihr habt recht! Mein geliebter Lehrer ist außerdem ein geduldiger Pädagoge für August und ein fürsorglicher Beschützer seiner Schwestern. Seit ich seiner Zuneigung und meiner Liebe zu ihm sicher bin, wünsche ich mir nichts sehnlicher, als seine Ehefrau zu werden.

Ihr wißt ja schon von Anna Elisabeth, daß unser Herr Papa einen reichen Florentiner, der demnächst geadelt werden soll, für meine ältere Schwester ausgesucht hat. Ich habe ihn (leider) auch kennen gelernt und kann nur warnen, sie mit diesem ungetreuen Menschen zu verheiraten. Er hat mich gleich vom ersten Augenblick an so bedrängt, daß ich kaum mehr wußte, wie ich mich erwehren sollte – und das vor den Augen seiner ihm demnächst Angelobten!

Liebste Mama!

Es ist mir nach Eurem letzten Schreiben sehr fraglich, ob Eure Seele von Gott zum Guten, also zur Liebe, bewegt werde! Aus tiefster Seele bitte ich Euch, laßt Großmut walten und gefährdet nicht das Glück Eurer

Euch unverbrüchlich liebenden Tochter Luise.

Meine geliebte Tochter Anna Elisabeth!

Deinen Brief habe ich erhalten. Leider konnte ich mit niemandem über dessen Inhalt mich austauschen, ohne eine Kompromittierung Deinerseits in Kauf zu nehmen. Deshalb habe ich lange überlegt, was ich Dir antworten solle.

Um der Schweigepflicht Genüge zu tun und kein unliebsames Gerede über Deine Tugend zu provozieren, habe ich die Form einer Beichte mit unserem Hausgeistlichen gewählt, um mit seinen Empfehlungen meine endgültige Position zu klären.

Ich bin, gestärkt durch den Hochwürdigen Rat, zu folgendem Entschluß gekommen:

Du unterwirfst Dich in allem den Befehlen Deines Vaters. Was immer er für Dich beschließen wird, dem wirst Du gehorchen. Die Eltern sind Gottes Stellvertreter in der Familie, also handle christlich und begehe keine Sünde. Papa wird Dir mit Sicherheit den Kontakt mit diesem ruchlosen Musikus untersagen, und das ist, auch aus meiner Sicht, das Beste, was er für Dich tun kann.

Wenn er Dich mit jenem Lorenzo, von dem er auch mir berichtet hat, vermählen will, so hat er dafür Gründe, die aus einer langen Lebenserfahrung sich speisen und die zu erfüllen Du nicht zögern darfst. Was hast Du nur für verquere Ideen von einer Ehe? Daß ein Mann keine andere Frau ansehen dürfe? Mein liebes Kind, Du bist unerfahren und lebst in einer Phantasie, die nicht taugt für ein anständiges Leben. Was Dein mädchenhaftes Gerede von Liebe in diesem Zusammenhang zu suchen hat, verstehe, wer will, ich bestimmt nicht. Die Ehe ist eine Institution, von Gott und den Eltern zum besten der jungen und unerfahrenen Kandidaten eingerichtet und zu deren Wohl beschlossen.

Du sollst einmal Deinen Ehemann respektieren, ihm gehorchen und ihm Kinder gebären. Das und nichts anderes ist Deine Aufgabe in einer christlichen Ehe. Je eher Du Dir Deine Faselei von Gefühlen und Liebe abgewöhnst, desto glücklicher wirst Du in Deiner Ehe werden.

Und wage es nicht, den Entschlüssen Deines Vaters zuwider zu handeln! Wer sich gegen seine Eltern stellt, dem wächst die Hand aus dem Grabe!

Wie mir Dein Vater mitgeteilt hat, wird er dafür sorgen, daß Du noch vor Advent und Fastenzeit Deinem Zukünftigen versprochen wirst. Einen Termin im November für die Trauung hat er bereits mit Lorenzo vereinbart.

Ich bete zu Gott, daß er Deinen verhärteten Sinn in ergebene Demut und in kindlichen Gehorsam wandeln möge! Tue nur recht und folge in allem den Entschlüssen Deines Vaters, der das Beste für Dich will!

In Liebe Deine Mutter.

Schloß Dunkelsbrück, 21. Oktober 1701

Meine liebe Tochter Luise!

Ich kann nicht verhehlen, wie abgrundtief traurig mich Dein Brief gemacht hat. Einen Müllerson willst Du ehelichen, Du, eine Comtess! Es ist nicht zu fassen, wie die italienische Leichtlebigkeit Euch alle verführt hat, Eure langjährige Erziehung zu vergessen.

Dein ausschweifender Brief diente nur dazu, daß ich mir darüber klar wurde, wie weit Du Dich bereits von Tugend und Sittsamkeit entfernt hast. Glaube nur ja nicht, daß ich mich von Deiner Gefühligkeit beeindrucken oder gar beeinflussen lasse! Es bleibt ein tiefgreifender Ungehorsam und eine Widersetzlichkeit ohne gleichen, was Du mir als angeblich echtes Bestreben vorspiegelst. Nichts davon hält der Wirklichkeit stand.

Daß sich der Lehrer, den ich für unseren Erben erwählt hatte, hinterrücks an Dich herangemacht hat, bleibt ein Verbrechen der besonderen Art. Wie hat er mein Vertrauen mißbraucht! Er hat Dich mit blenderischem Wissen gefügig gemacht und dabei gröblich vernachlässigt, was seine eigentliche Aufgabe gewesen wäre: unseren Sohn und künftigen Schloßherren ohne Nachsicht zu strengem Befolgen der Hausaufgaben anzuleiten. Ich werde bei der anstehenden Verpflichtung eines Lehrers sorgfältiger vorgehen und mein Urteil besonders auf die moralische Eignung des Erziehers legen.

Und nun zu Dir, meine liebe und pflichtvergessene kleine Tochter! Wie willst Du, kaum den Kinderschuhen entwachsen, schon naseweis feststellen, was für Dein künftiges Leben gut und richtig sei. Deine Pflicht ist es, den Eltern zu gehorchen und ihre Entscheidungen über Dein künftiges Leben anzunehmen gemäß dem vierten Gebot!

Hast Du Dir überlegt, wie Dein Leben an der Seite eines so offensichtlich pflichtvergessenen Menschen aussehen würde? Niemals wird er Dir ein Leben bieten können, das Deinem Stande entspricht. Oder willst Du Deine Tage auf einem Bauernhof verbringen, in Gesellschaft ungebildeter und verwilderter junger Frauen? Die Schilderungen von der lockeren Bekleidung der Müllerson'schen Schwestern auf jenem Hof haben mir zur Genüge vorgeführt, was Dich da erwartet. Willst Du Dein Leben vergeuden mit niedrigen Tätigkeiten? Etwa gar in der Küche stehen und die angeblichen italienischen Köstlichkeiten mit eigener Hand zu verfertigen? Deine Zukunft als Köchin beschließen?

In den sämtlichen Evangelien und Episteln wirst Du keinen Hinweis darauf finden, daß Ungehorsam gegen die Eltern von Gott gebilligt werde. Du handelst im höchsten Sinne unchristlich, wenn Du dem elterlichen Willen nicht gehorchst und auf eitle Weise Dein Handeln als rechtmäßig darzustellen Dich erfrechst.

Wisse, daß ich Dein Begehren in keiner Weise unterstütze oder mich gegen die Befehle meines Ehemannes wende. Papa hat in allen seinen Verordnungen meine völlige Billigung. Und, als letztes, sei Dir dessen bewußt, was eine elterliche Verstoßung für Dich und Deine Zukunft bedeuten würde.

Ich schließe mein Schreiben mit einem Appell an Deine Vernunft und an die elterliche Liebe, die in allem nur Dein Bestes im Auge behält. Erweise Dich dieser Liebe als würdig!

Deine Dich liebende Mutter

Piacenza, 29. November 1701

Liebe und verehrte Frau Mama!

Wie Ihr seht, befinden wir uns nicht mehr in Florenz, sondern auf dem Hof der Großeltern des Herrn Müllerson. Wir, das sind Luise, August und ich, wir alle drei. In unserer Begleitung auf dem Weg hierher standen uns Herr Veracini und Herr Müllerson bei.

Leider hat sich der Wunsch unseres Herrn Vaters, uns Schwestern möglichst bald zu verheiraten, aufs Schlimmste bewahrheitet. Wir haben Papa unter Tränen zu beschwören versucht, daß ich diesen Lorenzo nicht heiraten muß und daß Luise mit ihren 17 Jahren nicht an einen 32jährigen Lebemann aus dem Florentiner Geldadel verheiratet werden sollte. Leider war er taub unseren Bitten und Flehen gegenüber und hat einen Hochzeitstermin festgesetzt

Auch August war bei diesen einseitigen Unterredungen dabei und hat sich seinen Teil gedacht. Wir haben hier seinen sechzehnten Geburtstag gefeiert, und er ist nun auch kein kleines Kind mehr. Was wir nicht erwartet hatten: unser Bruder hat sich ganz auf unsere Seite gestellt; schließlich kennt er sowohl den Flötisten, den ich bei drei Konzerten begleitet habe, als zugewandten und freundlichen Menschen, der ihm bei einem seiner Freunde das tägliche Ausreiten ermöglicht hat; zum andern liebt er seinen Lehrer, Herrn Müllerson, der ihm stets immer wieder von Neuem erklärt hat, was er in seiner Ungeduld nicht verstanden hatte.

Als wir uns nach der Predigt des Herrn Papa weinend in unsere Zimmer zurückgezogen hatten, besuchte uns Augustlein und versuchte uns zu trösten. Aber dann wurde ihm langsam klar, was uns in einem Leben mit einem ungeliebten Ehemann erwarten würde. Er stellte sich vor, mit Comtess Magdalena, der dümmlichen Tochter unseres Nachbarn, verheiratet zu werden und lebenslang ihr Geschwätz über Dienstboten und mißglückten Haferbrei anhören zu müssen. Da hat ihn ein Strahl der Barmherzigkeit Gottes getroffen, und er machte den Vorschlag, daß wir alle drei aus diesem Gefängnis der väterlichen Befehle ausbrechen sollten. Wir hatten in unserer Verzweiflung gar nicht daran gedacht.

Aber als wir unserem empörten kleinen Bruder bei seiner Rede zuhörten, merkten wir, daß unsere einzige Rettung vor lebenslangem Unglück nur darin bestehen könnte, vor der erzwungenen und endgültigen Verheiratung zu fliehen.

Und nun sind wir glücklich hier auf dem Lande angekommen. August hat sich als künftiger Schloßherr von Dunkelsbrück ausgewiesen und sein Einverständnis bezüglich unserer Verheiratung an Herrn Veracini bzw. an Herrn Müllerson erklärt. Der Prior von San Michele in Piacenza wird übermorgen unsere doppelte Hochzeit vornehmen. Wir brauchen dazu nur noch zwei Zeugen, die wir schon gefunden haben.

Es wird, liebe Frau Mama, eine einfache Zeremonie werden, da wir alle keinen großen Wert auf Pomp und Ausstattung legen.

Über unsere Zukunft macht Euch bitte keine Sorgen.

Ich werde mit meinem Ehemann in das Haus in Florenz einziehen, das Papa für uns gemietet hatte und aus dem er jetzt ausgezogen ist. Es gehört einem Cousin von Francesco, und wir haben vor, es bald käuflich zu erwerben. Die Stelle am Hofe wird mein Ehemann beibehalten, dazu haben wir vor, regelmäßig Compositeure und Musiker in unseren kleinen Konzertsaal einzuladen und dort musikalische Matineen zu veranstalten.

Herr Müllerson, Euer zweiter Schwiegersohn, wird eine

Stelle als Professor am Piacenza-Kolleg der Jesuiten wahrnehmen, und es ist geplant, ein Haus auf dem Grund der Großeltern für Marco und Luise zu bauen.

Liebste Mama, versucht bitte zu verstehen, daß wir auf diese Weise ein glückliches Leben vor uns haben.

August ist übrigens von seiner neuen Aufgabe als (künftiger) Schloßherr ganz eingenommen. Er plant, das Gestüt in Dunkelsbrück nach dem Muster der hiesigen Pferdezucht auszuweiten.

Wo sich unser Vater momentan aufhält, wissen wir nicht. Wir hoffen, daß sich sein Gemüt beruhigt, wenn er seine beiden Töchter glücklich verheiratet sieht. Betrachtet man es von der finanziellen Seite, so hat er zweimal eine kostspielige Mitgift gespart, denn wir wollen weder Geld noch Grundstücke von ihm.

Wann Euer Sohn und Schloßerbe wieder bei Euch eintreffen wird, steht noch nicht fest. Er hofft immer noch, daß Papa ein Einsehen hat und barmherzige Billigung seiner und unserer Eigenmächtigkeiten walten läßt.

Auch von Euch erbitten wir den elterlichen Segen, den Ihr uns hoffentlich nicht verweigern werdet.

Lebt wohl, verehrte Frau Mama und gedenket in Liebe Eurer Tochter Anna Elisabeth

Geliebte Frau Mama!

Auch ich will einige Zeilen dem Schreiben meiner älteren Schwester beifügen und Euch zu erklären versuchen, was mich bewogen hat, entgegen Euren Wünschen zu handeln.

Der Herr Papa hatte beschlossen, mich mit dem 32jährigen Conte Missalbrini zu verheiraten. Diesen Mann habe ich noch nie gesehen, habe aber gehört, daß er mit einer ehemaligen Dienstbotin als Mätresse zusammenlebt. Auch hat er mindestens vier uneheliche Kinder, für die er aber nicht sorgt, und die im Armenhaus leben.

Was sagt Ihr zu einem solchen pflichtvergessenen Charakter? Papa ist von seinem Reichtum geblendet und meint, mich gut zu versorgen, wenn er mich mit diesem charakterlosen Menschen verheiratet. Meine Mitgift dürfte auch eine gewisse Rolle gespielt haben, weswegen sich Herr Missalbrini für eine Ehe mit mir ausgesprochen hat. Er kennt mich ja genau so wenig wie ich ihn. Was sollte ihn also als meinen lebenslänglichen Ehemann qualifizieren?

Ihr mahnt mich, christlich zu denken und zu handeln. Sollten nicht auch bei der Verheiratung der eigenen Kinder Christlichkeit und Ehrlichkeit die Hauptbeweggründe dabei sein? Wo bleibt die elterliche Liebe, wenn Kinder in eine Ehe mit ehrlosen Menschen gezwungen werden?

Ich sehe in solchem Handeln die grundlegenden Gebote des Evangeliums verletzt.

Mein künftiger Ehemann ist kein Conte, er hat auch keine materiellen Reichtümer, die er als Grund für eine Ehe mit mir anführen könnte.

Was er aber hat, ist ein ehrliches Gemüt und sein Bestreben, mich glücklich zu machen. Von seiner überragenden Gelehrsamkeit zu sprechen, würde Euch eher nicht beeindrucken, die Ihr ja weder seinen Unterricht noch seine Gewandtheit im Gespräch erlebt habt. In unserem Schloß mußte er mit den Dienstboten essen und hatte keine Gelegenheit, seine Bildung auch Euch zu zeigen. Fragt, wenn Ihr Euch denn herablaßt, unsere kluge Köchin Sophie, was sie über Herrn Müllerson denkt.

Im Gegensatz zu Euch achte ich den hart arbeitenden Teil unserer Dienerschaft nicht gering, ganz im Gegenteil. Und ich fühle mich ihnen nicht von vornherein überlegen. So finde ich es auch nicht tadelnswert, wenn ich mich an den Herd stelle und für meine Tischgesellschaft etwas koche. Nur Köchin? Stellt nur zum Beispiel unsere adlige Tante Agathe in die Küche – und man wird staunen, wie sie über der Aufgabe, eine einfache Suppe zu kochen, zusammenbricht.

Und wem verdanken wir, daß wir nicht wie unsere verarmten Nachbarn, Schulden machen müssen? Ja, es war Papas Idee, die Weberei einzurichten. Wer aber bäumt die Ketten auf, spinnt die Fäden, und wer steht an den staubenden Webstühlen und hantiert mit den giftigen Farben, wenn nicht unsere tüchtigen Arbeiter?

Daß ich künftig in Küche und Garten wirken werde, sollte Euch stolz und glücklich machen.

Eure Euch unverbrüchlich liebende Tochter Luise

Liebste Mama!

Seid nicht gleich böse mit mir! Ich habe nur ein bißchen früh meine Aufgabe als künftiger Schloßherr wahrgenommen und meine beiden lieben Schwestern mit ebenso liebenswerten Ehemännern verheiratet. Die Zeremonie ist erst übermorgen, aber die Verlobung, das Wichtigste, ist schon amtlich.

Papa wird wahrscheinlich eine Weile auf mich zornig sein, weil ich nicht zu ihm gehalten habe. Im Gegensatz zu Luise habe ich nämlich den schäbigen Missalbrini kennengelernt, einen pockennarbigen, schlaffen alten Kerl, den sogar ich mit einem Faustschlag niederstrecken könnte. Ich war mit dem Herrn Papa bei ihm, als die Vorbereitungen zur Hochzeit besprochen wurden. Eine aufgetakelte Dienerin mit einem riesigen Dekolletée brachte mir süßlichen Wein, von dem ich nur einen Schluck nahm. Ekelhaftes Getränk! Sie selbst benahm sich auch süßlich zu mir und schmeichelte mir, daß ich aussähe wie einer der hehren Teilnehmer an der Tafelrunde. Sie strich mir sogar über meine Haare und flüsterte: Blond, so schön! Ich war froh, als wir wieder gingen. Erst als ich Luise so weinen sah, wurde mir klar, bei welchem Kuhhandel ich eben dabei gewesen war. Unser Luiseken in einer solchen Umgebung! Da zeigt sich bei mir Gänsehaut vor Entsetzen.

Sagt selber, liebe Frau Mama, was sollte ich anderes machen, als unsere Luise vor einem solchen Schicksal zu bewahren.

Wir sind hier wieder auf dem Hof gelandet, wo wir schon vor zwei Monaten zu Gast waren. Die Großeltern des Herrn Müllerson haben mich ins Herz geschlossen, das merke ich vor allem daran, daß ich jederzeit Zugang zu ihren Stallungen habe und reiten kann, wann immer ich will. Zu Eurer Beruhigung: Mit mir reitet immer ein erfahrener Stallmeister mit, der, wenn ich mal vom Pferd fallen sollte (was noch nie der Fall war), gleich zu Hilfe kommen könnte. Sogar jetzt im November ist es hier noch herrlich warm.

Das Klima in Italien ist so, daß ich es daheim sehr vermissen werde. Man kann das ganze Jahr reiten, es gibt weder Schnee noch Eis. Ich beneide Anna Elisabeth und Luise, die hier in dieser wunderbaren Landschaft ihr Leben verbringen werden. Warum sollte ich nicht, wenn die Zeit gekommen ist, mich in Italien nach einer Ehefrau umsehen? Daß Ihr mich mit Comtess Magdalena verheiraten wolltet, wäre doch wirklich undenkbar, oder? Da bliebe mir dann auch nichts anderes übrig, als nach Italien zu fliehen.

Aber das ist ja noch in weiter Ferne.

Herr Müllerson hat mir übrigens das Versprechen abgenommen, mich mehr für die Weberei und Färberei zu interessieren. Er hat recht damit, wie auch damit, daß ich mich im Rechnen weiterbilden muß. Künftig bin ich ja für das finanzielle Gedeihen unseres Besitzes verantwortlich.

Ihr seht, verehrte Frau Mama, daß ich einiges dazugelernt habe. Bei der Wahl meines künftigen Hauslehrers möchte ich gerne zugezogen werden. Schließlich seid nicht Ihr es, die Ihr es mit einem sauertöpfischen Rechenkünstler mindestens ein Jahr lang aushalten müßtet. Mein künftiger Lehrer sollte auch etwas von Verwaltung und Rechtswesen verstehen; denn es erfordert mehr als das Einmaleins, ein großes Gut so zu verwalten, daß es Gewinn abwirft.

Auch möchte ich Euch bitten, mir, wenn der Alltag wieder bei uns in Dunkelbrück eingezogen ist, einen Sachverständigen für Weberei und Färberei als Lehrer für die Praxis zu geben; denn, wie Herr Müllerson mir auseinandersetzte, muß man die Arbeit, die man beaufsichtigt, auch selbst kennen, sonst wird man leicht von seinen Untergebenen hinters Licht geführt.

Ich bin zuversichtlich, daß Ihr mich trotz meiner Eigenmächtigkeit lieb behaltet. Ich bedarf Eurer mütterlichen Liebe umso mehr, als ich künftig auf die Hilfe und Unterstützung durch meine Schwestern verzichten muß.

Wenn sich Euer Ärger abgeschwächt hat, würde ich Euch vorschlagen, das kommende Jahr mit mir nach Italien zu reisen, damit Ihr Euch vom Glück Eurer beiden Töchter selbst ein Bild machen könnt. Ihr solltet dieses wunderschöne Land und seine freundlichen Bewohner mit eigenen Augen sehen. Ich werde Euch gerne in allem ein fürsorglicher Begleiter sein. Da ich ein wenig Italienisch spreche und noch mehr in dieser melodischen Sprache verstehe, würde ich Euch vor solch einer Reise ein wenig davon mitteilen. Vielleicht könntet Ihr Euch nach einem Lehrer umsehen, der diese Sprache beherrscht; denn auch ich würde mich gerne darin weiter vervollkommnen.

Wenn ich einen Wunsch am Ende meines Schreibens besonders aussprechen darf, so wäre es der, unsere ganze Familie künftig wieder vereint zu sehen. Was ich dazu vermag, das, so gelobe ich, werde ich tun.

Laßt mich, liebste Mama, hier schließen; ich bin müde, weil ich vorhin eine Stunde ausgeritten war.

Euer Euch liebender Sohn August

Liebste Mama!

Bevor unser aufgebrachter Herr Papa Euch seine Version der Ereignisse brieflich schildert, möchte ich die Gelegenheit ergreifen, Euch von unserer endlich doch erfolgten Doppelhochzeit in San Michele zu Piacenza zu berichten.

Da wir alle vier bereits vor dem hochwürdigen Herrn Prior unser Treuegelöbnis gesprochen hatten, war die eigentliche Hochzeit nur noch eine Formalität. Aber die Vorbereitungen auf dem Hof von Marcos Großeltern liefen dennoch weiter, denn es wurden viele Freunde und Verwandte erwartet, die am Nachmittag mit uns feiern wollten.

Besondere Kleidung für die Zeremonie ist hier nicht üblich. Die Braut trägt ein Tuch aus Seide auf dem Kopf, das entweder geerbt oder vom Bräutigam geschenkt ist. Luise bekam von Marcos Großmutter ein altes, besticktes und golddurchwirktes Tuch, und ich trug einen hellblauen Schal mit Silberfransen, den Francesco aus Florenz für mich mitgebracht hatte.

So war alles eitel Freude am Morgen der Zeremonie – wenn, ja, wenn nicht die plötzliche Ankunft unseres Vaters ein schmerzliches Licht auf unsere Hochstimmung geworfen hätte. Schon am frühen Morgen kamen er und einige bewaffnete Bedienstete hier auf dem Hofe an, klirrten mit den Säbeln und verlangten die Herausgabe der tugendlosen Dirnen. Da Luise und ich mit den beiden Schwestern im hintersten Teil des Hofes schliefen, hörten wir nichts von dem Geschrei.

Marcos Großvater, ein würdiger Greis mit weißem Bart, öffnete das schwere Holztor und sah sich drei schwer bewaffneten Banditen gegenüber. Einer von ihnen hielt sein

Schwert gegen ihn gestreckt und verlangte die Herausgabe »sündiger Dirnen« – damit meinte er Luise und mich.

Unser Vater, der Urheber und Geldgeber dieser selbst ernannten Moralhüter, stand im Hintergrund und beobachtete, wie der Großvater unerschrocken dem Angriff standhielt und seinerseits in den Hof um Hilfe rief. Gleich kamen mindestens zehn Landarbeiter mit Sensen und Mistgabeln gerannt, um ihrem Herrn zu Hilfe zu eilen.

Von diesem wilden Schreien wachten wir auf und sahen vom Fenster aus zu, wie unser Vater hervortrat und die Herausgabe seiner beiden Töchter verlangte.

Aber wieder ließ sich Marcos Großvater nicht in die Enge treiben; er erwiderte, daß beide Töchter bereits ihren Ehemännern versprochen seien und die Hochzeit in wenigen Stunden stattfinden werde. Auf verlobte Kinder hätten die Eltern nach italienischem Recht keine Verfügungsgewalt mehr.

Die drei Bewaffneten zogen sich mit Papa zur Beratung unter eine Zypresse zurück. Während dieser Zeit bewegten sich die Landarbeiter keinen Zoll weiter, sondern blieben drohend neben ihrem Herrn stehen.

Eine seltsame Stille folgte darauf.

Als wir Papa bei den Soldaten (denn das waren sie nach unserer Ansicht) stehen sahen, erfaßten uns Angst und Schrecken; wollte er einen Krieg gegen uns und unsere künftigen Verwandten beginnen?

Dabei wollte ich nicht untätig zusehen. Ich suchte nach meinen Kleidern, aber das dauerte eine gewisse Zeit.

Währenddessen waren auch Francesco und Marco aufgewacht; mutig stellten sie sich vor den alten Mann und riefen Papa und den Bewaffneten zu, sie sollten mit ihnen verhandeln. Schließlich seien sie die Verlobten und künftigen Ehemänner der beiden Schwestern.

Wir sahen aber nur, wie Papa verächtlich vor ihnen ausspuckte und mit den drei Soldaten wieder in eine Kutsche stieg.

Und, wie seltsam, nach August hatten sie in der Eile gar nicht gefragt. Wahrscheinlich merkten sie zu spät, daß auch er bei uns war; ihn schützte keine Verlobung, und er hätte mit Papa sofort mitgehen müssen. Aber vor lauter Aufregung hatten sie auf ihn vergessen. Er hat übrigens den ganzen Vorfall verschlafen und war erstaunt, daß Papa wieder abgefahren war, ohne ihn zu sprechen, spielte er doch gewissermaßen eine Hauptrolle in diesem Drama.

Ihr könnt Euch vorstellen, liebste Mama, wie entsetzt und traurig wir waren, als wir uns die Unversöhnlichkeit unseres Vaters vergegenwärtigten. Er hielt uns für ehrlose Dirnen und hatte wahrscheinlich die Absicht, uns bis zur Hochzeit mit einem von ihm bestimmten Ehemann einzusperren.

Wir sind dann in einer geschmückten Kutsche zur Kirche gefahren, hatten aber viel von unserer Hochstimmung verloren. Nach der kurzen Zeremonie (niemand erzählte dem Prior von dem Vorfall am Morgen) fuhren wir wieder zum Hof, wo inzwischen eine Riesentafel gedeckt war und wir im Garten unser Hochzeitsmahl einnahmen. Es war noch warm wie bei uns im Mai, und erst gegen Abend feierten wir im Hause weiter.

Weder Papa noch einen der »Soldaten« haben wir wiedergesehen. August hat uns hoch zu Pferde neben der Kutsche zur Kirche begleitet. Er ist bester Laune und hat schon wieder vergessen, wie unser Vater uns beinahe den Hochzeitstag verdorben hätte.

Liebste Mama, bitte hegt keinen Groll gegen uns! Und laßt unseren kleinen Bruder nicht dafür büßen, daß er ein gutes Herz hat.

Nächste Woche werde ich mit Francesco, meinem Ehemann, nach Florenz zurückkehren, und wir werden uns
in unserem neuen (alten) Haus einrichten. Wir hoffen, das
Weihnachtsfest mit einem kleinen Konzert in unserem
Saal zu feiern. Wie schön wäre es, wenn wir alle versöhnt
unter dem Weihnachtsbaum stünden! Das wünschte sich
von ganzem Herzen
Eure Tochter Anna Elisabeth

An Frau Anna Elisabeth Veracini

Dieser Brief, den ich Dir heute schicke, hat mir viele Tränen abverlangt. Wie sollte ich nur die Schmach vergessen, die Du und Luise uns angetan haben. Wir sind bestrebt, die schlimmen Vorfälle in Italien damit zu verbrämen, daß wir Dich und Luise als gut verheiratete Adelsdamen bezeichnen, um wenigstens bei den Nachbarn die Schadenfreude über Eure Mesalliancen in Grenzen zu halten. Leicht ist uns das nicht gefallen.

Als einziger hat Onkel Willi sein unpassendes Gelächter hören lassen und sich immer wieder auf die Schenkel geschlagen. »Diese Gören!« brüllte er immer wieder und lachte unbändig. Er ist, und das wirst Du mir glauben, der einzige, der über Euer Verbrechen gelacht hat. Tante Agathe war fassungslos und ringt immer noch ihre Hände. Aber sie hat sich ein paar edle Geschichten ausgedacht und verbreitet sie unter ihren Freundinnen. Ich hoffe nur, sie bringt sie nicht durcheinander.

Papa hat Euch beide Töchter für ewig verloren, klagt er. Nie wieder will er etwas von Euch hören, und auch ich schreibe diesen Brief ohne sein Wissen und sicherlich ohne seine Billigung.

Und nun zu August, Eurem pflichtvergessenen Bruder.

Euer Vater hat beschlossen, ihn zu enterben.

Was das für uns als liebende Eltern bedeutet, magst Du ermessen. Wir werden unser Gut noch eine Weile so betreiben, wie wir es gewohnt sind, und es dann einem Verwalter übergeben. Als Erben haben wir den Sohn von Onkel Willi bestimmt, einen charakterlich hochstehenden jungen Mann, der nach seiner Zeit bei Hofe eine Comtess aus der Pfalz geehelicht und bereits einen Stammhalter hat. Er ist in mehrfacher Hinsicht würdig, das Familienerbe weiterzuführen.

Wir, Dein Vater und ich, haben uns bereits nach einem abgelegenen Landsitz umgesehen, da wir auch das Schloß für den Erben freimachen werden und uns ganz zurückziehen wollen – auch von Geschwätz und Klatsch.

Ihr habt uns durch Euer eigenmächtiges Verhalten das Herz gebrochen. Niemand verbannt leichten Herzens seine geliebten Kinder.

Dennoch: Meine Seele wird sich niemals gegen Euch wenden, und ich begleite Euer fernes Leben mit meinen besten mütterlichen Wünschen für Euer Wohlergehen.

Eure Euch dennoch liebende Mutter.

Piacenza, 2. Februar 1702

Liebste Mama!
Euern traurigen Brief an meine Schwester habe ich unter
Tränen gelesen. Ach, könnte ich Euch nur davon überzeugen, dass wir richtig gehandelt haben, als wir unsere Ehemänner aus Liebe und nicht aus anderen Motiven erwählt
haben.

Anna Elisabeth ist vor ein paar Tagen mit ihrem Francesco nach Florenz abgereist, wo sie ihr neues Heim einrichten und weitere Konzerte planen wollen.

Marco und ich bleiben die nächste Zeit auf dem groß-
väterlichen Hofe wohnen, bis wir in unser Domizil in
Piacenza einziehen können. Dann werden wir in der Nähe
der Universität wohnen, wo mein Mann als Professor für
Philosophie bestallt wurde.

Und nun zu unserem lieben Bruder, der sich von der Aufregung um unsere Hochzeit wieder gut erholt hat, wird er
doch jeden Tag auf seinen Ausritten vom umsichtigen Stallmeister begleitet. Wir haben ihm von Euren Entschlüssen,
ihn zu enterben, nichts erzählt. Soll er seine Jugend erst
einmal unbeschwert genießen. Er ist überall sehr beliebt,
interessiert sich jetzt auch für Landwirtschaft und Getrei-
deanbau, und Marcos Großeltern unterstützen ihn auf jede
Weise. Sie haben ihn richtig ins Herz geschlossen, und er
redet sie auch vertraulich als Großvater und Großmutter
an.

Wenn Ihr vielleicht denkt, das Leben auf einem einfachen Hofe unterscheidet sich profund von einem Leben
auf unserem Schloß, so irrt Ihr. Es gibt natürlich nicht
die Standespossen, über die wir uns, Annaliesken und
ich, öfter erlustiert haben. Aber die Gleichbehandlung der
Dienstboten schafft eine ganz andere Atmosphäre von

Leben im Haus. Die Köchin ist genau so geachtet wie die Obstpflückerin, und auch von dem Gefälle männlicher Vorherrschaft, wie wir das bei uns kennen, ist hier nichts zu bemerken. Jeder hat seine Aufgaben, und so arbeiten alle fröhlich miteinander. Hier wird bei der Arbeit viel gesungen! Stellt Euch das einmal bei uns zu Hause vor!

An den meisten Abenden, wenn das Wetter es erlaubt, wird eine große Tafel im Garten gedeckt, und alle, die tagsüber auf den Feldern oder im Stall gearbeitet haben, werden reich bewirtet. Das ist eine wunderbare Einrichtung, die den Zusammenhalt der Leute verstärkt. An den kälteren Tagen wird in der Küche getafelt, wo große Tische und Bänke aufgestellt sind und man den Köchinnen zuschauen kann, wie sie die einzelnen Gerichte zusammenstellen und servieren.

Ich habe viel Zeit damit verbracht, diesen tüchtigen Frauen über die Schulter zu schauen. Es gibt hier die wunderbarsten Sorten von Gemüse, fast das ganze Jahr über. Ach, könnte ich Euch nur einmal hier zu Gast haben! Ihr würdet staunen, wie gut das alles schmeckt!

Auch Jetzt, Anfang Februar, zeigen sich hier schon die ersten Vorboten des Frühlings. Italien ist ein wunderschönes Land, und ich wünschte sehr, es Euch einmal zu zeigen.

In Liebe

Eure Tochter Luise.

Liebste Mama,

ich sah, wie Luiseken gerade an Euch schreibt, und da will ich auch ein paar Zeilen an Euch verfassen, um Euch zu erzählen, wie gut es mir hier gefällt. Ich kann jeden Tag ausreiten, helfe im Pferdestall und kenne alle zehn Pferde schon in ihren Eigenarten. Das ist wichtig, wenn man reitet; denn jedes Pferd reagiert wieder anders. Wenn ich viel Zeit mit den Tieren verbringe, sie auch striegle und füttere, dann haben sie auch Vertrauen zu mir. Bis jetzt hat mich noch keins abgeworfen.

Im Winter kann man hier auch ausreiten, es schneit nicht, und nur manchmal friert es etwas, und da reitet man eben vorsichtiger.

Herr Müllerson, der ja jetzt mein lieber Schwager ist, hat darauf bestanden, mit mir jeden Tag weiter zu lernen. Ich bin schon ganz gut im Italienischen, rede ja auch jeden Tag mit allen in dieser Sprache. Was ich nicht so gerne mag, ist Mathematik. Aber da ist Marco nicht davon abzubringen. Er findet, man muß im Rechnen gut sein, sonst wird man von allen übers Ohr gehauen. Ja, das stimmt schon. Also fülle ich jeden Tag meine Hefte mit den geforderten Zahlenreihen.

Wenn Ihr nur bald einmal zu uns nach Italien kommen könntet! Hier reiten auch die Damen, es gibt besondere Damensattel, und ich könnte Euch zeigen, wie das geht. Ihr würdet sicher viel Freude daran haben, übers Land zu reiten und die Welt von einer höheren Warte, also derjenigen der Pferde, zu betrachten.

Papa ist nach Hause gereist, ohne mich noch einmal zu besuchen oder mich mitzunehmen. Ich beklage mich nicht, dass ich hier gelassen wurde, möchte aber doch wissen, wie Ihr Euch das vorstellt mit einer Heimreise. Aber vielleicht kommt Ihr ja beide bald einmal hierher, und wir fahren dann gemeinsam nach Hause.

Ich grüße Euch von Herzen, auch den Herrn Papa, sowie Tante Agathe und Onkel Willi.

Lebt wohl!

Euer Euch liebender Sohn August.

Liebste Mama,

obwohl ich weiß, dass Ihr großen Groll gegen mich hegt, will ich Euch doch nicht in Unkenntnis über unser Befinden lassen. Mein lieber Gemahl Francesco hat inzwischen das Haus, in dem wir alle voriges Jahr gewohnt haben, von seinem Verwandten gekauft, und wir haben es ganz nach unserem Geschmack eingerichtet, das heißt, wir haben viele der alten Kommoden und Schränke auf den Dachboden gebracht und vor allem Licht und Sonne in den Räumen wirken lassen. Den Salon, wo wir schon unter Papas Regie einige Konzerte gegeben haben, lassen wir genauso wie er war. Wir haben ein paar Dutzend neue Stühle bestellt, damit die Besucher unserer künftigen Konzerte bequem sitzen können. Jeden Tag üben wir miteinander und spielen auch unbekannte Sonaten von italienischen Komponistinnen.

Ja, meine liebe Mama, hier sind Frauen, die komponieren, gut angesehen und müssen sich nicht hinter einem männlichen Pseudonym verstecken. Ihr sollt auch wissen, dass ich schon vor langer Zeit angefangen habe, zuerst kleinere Stücke, dann aber ganze Sonaten zu komponieren. Ich habe Euch nichts davon erzählt, gilt es doch in Euren Kreisen als höchst unweiblich, sich solcherart mit Musik zu beschäftigen. Ich wollte meine Aussicht auf eine Heirat nicht noch dadurch erschweren, dass ich meine musikalischen Vorlieben öffentlich gemacht hätte.

Mein lieber Mann hat aber sofort erraten, wer die Sonatensätze, die bei mir auf dem Cembalo lagen, komponiert hat. Und er ermutigt mich seither, fleißig zu komponieren und die Stücke sogleich mit ihm zu proben.

Unser Personal ist recht übersichtlich.

Den Butler, der mich damals beim Herrn Papa ange-schwärzt hat, haben wir sofort entlassen. Wir brauchen niemanden, der uns bespitzelt und verleumdet.

Den Koch und die Haushälterin haben wir behalten. Der Koch bestellt auch den Obst- und Gemüsegarten, und wir haben jeden Tag frische und bei Euch völlig unbekannte Gemüsesorten auf dem Teller. Ich wünschte, ich könnte Euch eines Tages damit bewirten!

Wir haben in der ersten Etage zwei Gästezimmer, in de-nen bisweilen Francescos Verwandte oder Freunde über-nachten, alles Musiker, die mit ihren Instrumenten anrei-sen und mit uns im Salon musizieren. Auch das Verhältnis zu Francescos Sohn Lorenzo hat sich einigermaßen nor-malisiert, nachdem er gesehen hat, dass wir wirklich und wahrhaftig verheiratet sind und er keine Chance mehr hat, weder bei mir noch bei Luise. Wie ich inzwischen weiß, hat er seit vielen Jahren eine Liaison mit der Oberaufseherin in seiner Textilwerkstatt und sogar zwei Kinder mit ihr. Das hat er wohlweislich damals dem Herrn Papa verschwiegen.

Wir sind sehr glücklich miteinander. Florenz ist eine wunderschöne Stadt, die in allen Künsten brilliert. Ach, könntet Ihr das doch einmal erleben!

In der Hoffnung auf baldige Versöhnung verbleibe ich Eure Euch innigst liebende Anna Elisabeth

Meine liebe Tochter Anna Elisabeth!

Entgegen dem Willens meines Ehemannes ergreife ich heute dennoch die Feder, um an Dich zu schreiben und Dir nochmals klar zu machen, in welche schlimme Situation ihr beide, Du und Luise, uns gebracht habt. Euern kleinen Bruder habt Ihr dazu verführt, Eure ehelichen Verbindungen abzusegnen, Allein das ist schon ein veritables Vergehen gegen unsere ausdrücklichen Wünsche.

Ich stelle mir vor, wie Ihr beide nunmehr in Verhältnissen lebt, die Euerm Stande in keiner Weise gerecht werden.

Komponieren und mit leichtlebigen Musikern verkehren, ja, sogar einen solchen Mann zu ehelichen! Und gar Luise! Wahrscheinlich steht sie jeden Tag in der Küche, weil das ärmliche Lehrersgehalt ihr nicht einmal ein Dienstmädchen erlaubt. Was soll eigentlich aus unserem geliebten Sohn werden, etwa ein Stallknecht?

Dieses angeblich so liebliche Land Italien hat uns kein Glück gebracht, ganz im Gegenteil. Euer Papa und ich, wir leiden jeden Tag an Eurer Treulosigkeit und Eigenmächtigkeit. Uns steht, obwohl wir drei Kinder großgezogen haben, ein Alter in Einsamkeit bevor. Wie konntet Ihr Euch nur so gegen uns versündigen?

Deine in Trauer versunkene,
Dich dennoch liebende Mama

Liebste Mama,

dass ich Euch durch meine Heirat Kummer bereitet habe, geht mir sehr zu Herzen. Aber Ihr sollt doch wissen, dass es mir sehr gut geht und keine Eurer Befürchtungen eingetroffen ist. Wir haben ein sehr geräumiges Haus im Zentrum von Piacenza bezogen. Zur Universität, in der Marco unterrichtet, kann er jeden Morgen zu Fuß gehen und braucht keine Kutsche. Auch Eure Annahme, ich würde meine Tage mit niederen Arbeiten hinbringen, entbehrt jeder Grundlage. Wir haben eine sehr tüchtige Köchin und einen Hausmeister. Mehr Personal brauchen wir nicht; schließlich sind wir erwachsene Menschen und können uns selbst ankleiden. Ich liebe es, meinen Haushalt selbständig zu verwalten, auch die täglichen Einkäufe auf dem Markt zu erledigen. Das ist keine lästige Pflicht, sondern wirklich eine Freude! Hier werden die wunderbarsten Früchte und Gemüsesorten angeboten! Mein Mann hat mich ermutigt, meiner Vorliebe für das Zubereiten von Speisen insofern nachzugehen, als ich seit einiger Zeit dabei bin, Rezepte aus alter und neuer Zeit zu sammeln und sie, mit Kommentaren versehen, in einem Buch zusammenzustellen. Das ist eine herrliche Aufgabe für mich!

Meine schönste Nachricht habe ich für das Ende des Briefes aufgespart: Wir erwarten im Spätherbst unser erstes Kind, das ja Euer erstes Enkelkind sein wird. Ich wünsche mir nichts sehnlicher, als Euch, meine liebe Mama, bald als fürsorgliche Großmama zu erleben.

In Liebe Eure Tochter Luise

Meine liebe, arme Tochter Luise!

Tagelang habe ich über Deinem Brief geweint.

Der Postbote bringt die Briefe stets am späten Morgen, wenn Papa schon unterwegs zu seinen Aufgaben ist. Deswegen weiß er auch nichts von unserer Korrespondenz.

Der Glückliche!

Nicht genug des Grams, den uns Deine Heirat mit dem unwürdigen Lehrer bereitet hat, nun kündigst Du sogar an, ein Kind von ihm, diesem Müllerson, zu bekommen. Schande über Schande! Ich werde gnädiges Stillschweigen darüber bewahren, um uns nicht noch mehr in Verruf zu bringen.

Wie stellst Du Dir das vor, in mir eine Großmama für Dein in Sünde entstandenes Kind zu finden? Diese Deine Widersetzlichkeit wird, das glaube mir, nicht ohne schlimme Folgen für Dich bleiben. Noch nie hat jemand seine Eltern derart mißachtet wie Du! Auch hast Du, wie Dein Brief zeigt, keine Scham über Dein Vergehen. Das beweist erst recht, wie tief Du bereits gesunken bist.

Deine in unendlicher Trauer versunkene Mama, die dennoch versucht, Dich zu lieben.

Liebe Frau Mama!

Nicht nur Ihr habt über meinen Brief geweint, auch mir flossen reichlich die Tränen, als ich Eure anklagenden Zeilen gelesen habe. Eine Anklage, die jeder Grundlage entbehrt!

Könnt Ihr mir erklären, welchen Unterschied es macht, wenn zwei Menschen vor Gott und dem Priester ihr Eheversprechen abgeben – und um wie viel gesegneter ein solcher Bund sein sollte, wenn die Eheleute von gleichem Stand sind? Ihr beruft Euch doch so gerne auf die Bibel und auf Gottes Wille, dennoch aber werdet Ihr in der Heiligen Schrift keine Stelle finden, wo man eine Heirat nur dann als gültig ansieht, wenn die Eheleute von gleichem Stand sind.

Erlaubt mir, auf die Zufälligkeit der hohen oder niederen Geburt hinzuweisen. In der Geschichte gibt es vielfache Beispiele dafür, dass eine Abkunft von Königen oder Fürsten nicht vor Torheit und verbrecherischer Gesinnung schützt. Seht Euch nur einmal unter Euresgleichen um und sagt mir, ob Edelmut und Charakterstärke abhängig davon sind, ob ich in einem Spitzenkissen und mit der Fürsorge von zwei Kindermädchen geboren werde oder als geliebtes Kind in einer Krippe. Auch hier gibt die Weihnachtsgeschichte der Bibel hinreichend Auskunft.

Ihr sprecht von Schande, die Euch die Geburt Eures ersten Enkelkindes machte. Ist die Schande geringer, wenn aus einer lieblosen Verbindung ein Kind entsteht? Wie viel Kummer und Unglück man den Eheleuten bereitet, wenn man sie gegen ihren Willen verheiratet und sie dann ein Leben lang miteinander leben müssen! Ob die Kinder aus solchen Verbindungen glücklich damit sind, von Domestiken erzogen oder an fremde Höfe zu Pagendiensten verpflichtet zu werden?

Ich habe geweint über Euern Brief – aber nicht, weil ich mein Kind als Kind der Schande von Euch verachtet sehe, sondern deswegen, weil Ihr eitlen Standesdünkel über elterliche Liebe stellt.

Noch eine praktische Frage zum Schluß: Wie gedenkt Ihr mit Euerm Sohn zu verfahren? Soll er, enterbt und ohne Mittel, weiterhin auf dem Hofe der Großeltern bleiben? Er weiß nichts von Euren harten Maßnahmen und wartet immer noch, dass ihn entweder Papa oder ein Gesandter nach Hause bringt. Er hat seine Haltung uns gegenüber als einen Akt der Barmherzigkeit begriffen und ist sich keiner Schuld bewußt. Bedenkt sein jugendliches Temperament und laßt ihm gegenüber Gnade walten! Im übrigen würdet Ihr staunen, welche Fortschritte er in der italienischen Sprache und sogar in der Mathematik gemacht hat. Er hat sein fröhliches Wesen behalten und wird von allen geliebt und verhätschelt. Dennoch fragt er mich des öfteren, ob Ihr ihn wohl ganz vergessen habt. Er sollte nicht dafür büßen, dass er ein mitfühlendes Herz hat.

Ich grüße Euch von Herzen und hoffe, einen kleinen Pfad in das Dickicht Eurer Verbitterung zu schlagen.

Eure Tochter Luise

Liebe Frau Mama,
    von Luise weiß ich, wie Ihr über die kommende Geburt Eures ersten Enkelkindes denkt. Das hat uns alle sehr traurig gestimmt. Wäre nicht das Erscheinen eines neuen Erdenbürgers ein würdiger Anlaß, Euer verhärtetes Gefühl aufzuweichen und in Freude dieses neue Leben zu begrüßen?
    Je länger wir entfernt von unserer standesbewußten Heimat leben, desto unverständlicher wird uns, was wir während unserer Kindheit alles an absonderlichen Verhaltensregeln gelernt haben. Eine Heirat aus Liebe sollte ein Verbrechen sein? Ein Kind aus einer solchen Verbindung eine Schande?
    Wie kann man nur so unchristlich urteilen und die eigenen Kinder verurteilen, wenn sie sich ihre Ehemänner selbst aussuchen und nicht auf Adelsprädikate und Reichtümer schielen! Stellt Euch doch einfach mal Jesus vor, wie er von Josef und Maria zur Heirat mit der reichen Tochter des Herodes gezwungen würde! Absurde Vorstellung!
    Die Bibel wird immer gerne zitiert, wenn es sich um den Gehorsam der Kinder ihren Eltern gegenüber handelt. Von den Pflichten der Eltern ist wenig zu lesen. Wahrscheinlich hat sich die Meinung durchgesetzt, elterliche Befehle kämen direkt von Gott. Woher nehmen die Eltern diese Ansicht? Mir ist keine Stelle in der Heiligen Schrift bekannt, wo die Rede davon ist, dass man ohne Liebe heiraten soll oder dass Adel und Reichtum Grund genug für eine lebenslange Verbindung sein sollten.
    Liebste Mama, macht Euch doch frei von den Einflüsterungen devoter Priester und der vom Standesdünkel befallener Grafen und Fürsten. Das alles hat mit christlicher Tu-

gend nichts zu tun und dient nur dazu, dass alles so bleibt, wie es nun einmal ist.

Ich freue mich auf das Kind von Luise und wünsche ihr und dem neuen Leben alles Gute!

Was meinen lieben Gatten und mich betrifft, so planen wir zwei neue Konzerte mit zeitgenössischen Komponisten – und auch von mir wird eine Sonate zu hören sein. Es ist wohl vergeblich, wenn ich mir wünsche, Ihr würdet mit bei uns im Saal sitzen und der Musik lauschen.

Dennoch:

Seid meiner Liebe versichert, was immer Ihr denken mögt.

Eure Tochter
Anna Elisabeth

Liebe Anna Elisabeth,
in tiefster Trauer beginne ich heute den Brief an Dich.
Vor einer Woche haben wir meinen lieben Mann, Deinen
Vater, zu Grabe getragen.

Während der anhaltenden Hitze im Monat Juli (und der
Dürre auf den Feldern) hat Papa sich kaum aus dem Hause
bewegt. Ganz gegen seine sonstige Gewohnheit blieb er
stundenlang auf der Ottomane liegen und klagte über
Schmerzen in der Herzgegend. Unser Arzt kam natürlich
sofort, aber er hat uns beruhigt und meinte, nicht jeder ver-
trage diese außergewöhnliche Hitze. Er solle sich schonen
und möglichst nicht hinaus auf die Felder gehen.

Da hat Onkel Willi sich aufgemacht und hat weiter nur
konstatiert, dass die Weizenernte heuer ausbleiben wird.
Bis auf einige Felder Gerste und Hafer wird es im Herbst
nichts zu ernten geben. Diese erschreckende Nachricht hat
wahrscheinlich auch dazu beigetragen, dass Papa von Un-
ruhe geplagt dennoch hinaus geritten ist, um sich selbst ein
Bild zu machen. Bei diesem Ritt (der Stallmeister hat ihn
glücklicherweise begleitet) hat er einen Schwächeanfall
erlitten und ist bewußtlos vom Pferd gestürzt. Vergeblich
haben wir versucht, ihn wieder zum Leben zu erwecken,
auch unser Arzt war unermüdlich. Aber am Abend dieses
furchtbaren Tages hat mein geliebter Mann seinen letzten
Atemzug getan.

Tante Agathe ist kopflos durch alle Zimmer geeilt und hat
nach ihren Riechfläschchen gesucht. Aber Willi, der die
ganze Zeit neben dem Krankenbett saß, nickte nur erge-
ben. Später sagte er, dass er im Krieg hatte viele Kameraden
sterben sehen und dass sein daliegender Bruder ihn daran
erinnert habe.

Und vor einer Woche war dann die große Trauerfeier, zu der alle benachbarten Schloßherren samt Gefolge kamen. Sophie hat ein denkwürdiges Leichenmahl zubereitet.

Als wir wieder allein waren, Agathe, Willi und ich, saßen wir nur still in unseren Sesseln, jeder mit seiner Zukunft beschäftigt.

Daß wir August enterben würden, haben wir vorher niemandem erzählt, auch nicht, wen wir stattdessen als Universalerben einsetzen würden. Also war ich erneut vor die Entscheidung gestellt, entweder unseren pflichtvergessenen Sohn heimzuholen oder jenen adligen Erben von seinem Glück zu verständigen.

Ich habe hart mit mir gerungen, ob ich den Wunsch meines Gemahls umsetzen solle oder doch noch einmal Gnade vor Recht ergehen zu lassen und unseren Sohn als Erben zu bestimmen.

Den Ausschlag für meine Entscheidung hat Onkel Willi gegeben, ohne dass er wußte, wie weitreichend seine Worte sein würden. Er las aus einem Brief seines Sohnes vor, den wir eigentlich vor Monaten als Erben vorgesehen hatten. Darin moniert er, dass Onkel Willi ihm sein Erbe vorzeitig auszahlen solle, weil er durch Spielschulden eine bevorstehende Insolvenz seines Besitzes abwenden müsse. Der Ton in diesem Brief war so fordernd und ohne Liebe verfaßt, dass Onkel Willi den Tränen nahe war. Da habe ich mir vorgestellt, wie dieser ungetreue Sohn bald unser Schloß und Gut mit seiner Spielsucht dem Abgrund weihen würde.

Ich habe Willi darin bestärkt, seine Güter einstweilen noch selbst zu verwalten und sie dem Sohne vorzuenthalten.

Und das alles hat mich in meinem Entschluß bestärkt, meinem Sohn zu verzeihen und ihn baldmöglichst heimzuholen. So will ich mich also auf die Reise machen, um meinen Sohn nach Hause zu führen. Onkel Willi wird, zusammen mit unseren tüchtigen Arbeitern, einstweilen unseren Hof und die Werkstatt versorgen.

Ich werde ohne Begleitung diese Reise antreten, denn Tante Agathe ist nun wirklich nicht in der Lage, mich zu unterstützen – und eine andere Begleitung in der Kürze zu finden, war nicht möglich. Keine meiner Nachbarinnen ist eine echte Freundin. Schweren Herzens trete ich nächste Woche diese Reise an und werde zuerst auf dem Müllerson'schen Hof Station machen, um August mitzunehmen. Eine Unterkunft in Piacenza wird ja wohl der Kutscher ausfindig machen.

So ende ich diesen traurigen Brief mit der Hoffnung, meinen Sohn gesund wiederzusehen.

Deine Dich liebende Mutter

Liebste Mama,

Ihr könnt Euch denken, in welche Verzweiflung mich die Nachricht vom Tode meines Vaters gestürzt hat. Er ist gestorben, ohne dass wir noch Gelegenheit hatten, uns miteinander zu versöhnen. Und bei seinem Begräbnis war keines seiner Kinder anwesend. Was für eine Tragik!

Doch ein Lichtblick war in Eurem Briefe dennoch gegenwärtig: Ihr wollt August heimholen und nicht enterben! Ich beglückwünsche Euch zu dieser Entscheidung! Da wir unserem Bruder nichts von Eurer früheren Entscheidung mitgeteilt haben, wird er sich ehrlichen Herzens freuen, Euch wiederzusehen. Mehrfach hat er uns Schwestern gegenüber sein Erstaunen darüber kundgetan, dass er nicht aufgefordert wurde, nach Hause zurückzukehren. Er ist aber mit einem fröhlichen Temperament gesegnet und hat seinen verlängerten Aufenthalt am Hofe von Herrn Müllersons Großeltern insofern gut genützt, als er regelmäßig Unterricht bei meinem lieben Schwager hatte und gleichzeitig viele der Tätigkeiten üben konnte, die ihn zuhause erwarten. Er weiß Bescheid über Pferdezucht und Weizenanbau und hat sich auch Kenntnisse darüber erworben, wie man ein großes Gut bewirtschaftet, dass es Gewinn bringt. Er hat sich auch mit einem der Textilkünstler angefreundet, der im Betrieb meines Schwiegersohns arbeitet und viel Zeit auf dem Müllerson'schen Hofe verbringt. Wahrscheinlich möchte er ihn gerne mit nach Deutschland holen, damit er auch bei uns das Weben nach künstlerischem Vorbild einführt.

Ihr werdet staunen, wie erwachsen unser lieber August geworden ist.

Wir möchten die Gelegenheit ergreifen und Euch zu uns

nach Florenz in diese wunderschöne Stadt einladen! Für Eure Unterkunft und Bequemlichkeit in unserem großen Haus wird trefflich gesorgt sein. August könnte Euch auf dieser Reise begleiten und als Dolmetscher dienen. Er wird das sicher mit Freuden machen.

Ich schicke diesen Brief an den Müllerson'schen Hof, denn das wird nach Eurer Ankündigung die erste Anlaufstelle sein.

Bitte, liebste Mama, nehmt die neuerliche (aber kurze) Reise nach Florenz auf Euch, damit ich Euch endlich wiedersehe und Euch mein neues Leben zeigen kann.

In Liebe
Eure dankbare Tochter Anna Elisabeth

Lieber Schwager Wilhelm!
Bereits seit einer Woche befinde ich mich auf dem Müllerson'schen Hof.

Ich gestehe, dass ich mehr als überrascht war, dort eine Gastfreundshaft zu genießen, die auch bei uns ihresgleichen suchen würde. Da ich nun einige Tage hier zubringe, ist es an der Zeit, Dir den Eindruck meines Verweilens hier zu beschreiben.

Ich kam nach beschwerlichen Wochen des Reisens mit der Postkutsche hier an und war am Ende meiner Kräfte. Mit welcher Überraschung sah ich, wie bei meiner Ankunft das ganze Personal zugegen war, August sofort auf mich zulief und mich halb von der Kutsche zu meiner Unterkunft getragen hat. Alle waren so fürsorglich, wie ich das nur selten von Fremden erlebt habe. August hat mich zu meinen zwei Zimmern im hinteren Teil des Hofes gebracht, von wo ich Aussicht auf Orangen- und Zitronenbäume habe und vom täglichen Arbeitslärm nichts höre. Auch eine Bedienung wurde mir zugewiesen, ein junges Mädchen, das lächelnd zuhört, wenn August ihr sagt, was sie zu tun hat. Wenn sie aufräumt, dann trällert sie vor sich hin, und ich höre ihr gerne zu. Den ersten Abend wurde ich an einem kleinen Tischchen in meinem Wohngemach bewirtet. August leistete mir Gesellschaft, und wir tranken kühlen Weißwein zu den köstlichen Gerichten, die man mir serviert hatte. Immer wieder ergriff er meine Hand und küsste sie. Er war so erfreut, mich zu sehen, dass er offenbar völlig vergaß, mich nach seinem Vater zu fragen. Ich wußte ja nicht, ob seine Schwestern ihm die traurige Nachricht übermittelt hatten. Wie sich herausgestellt hat, mußte ich diese Aufgabe übernehmen. Er erzählte völlig unbefangen von den Schwierigkeiten bei der Hochzeit seiner Schwestern und lachte sogar laut darüber, dass Papa offenbar mit Soldaten anmarschiert war, um seine Töchter zu holen. Das hättet Ihr sehen sollen, wie die Bauern auf einmal mit ihren Mistgabeln sich versammelten! Es war zu komisch!

Er hatte den Ernst der Lage nicht begriffen und schilderte mir den Zwischenfall, als wäre das eine Theateraufführung gewesen. Und er fragte allen Ernstes: Wie hat denn der Herr Papa von seiner militärischen Niederlage daheim erzählt? Daß er vor Schaufeln und Mistgabeln kapituliert hat?

Angesichts seiner Schilderung mußte ich mir ein Lachen verbeißen. Dann aber wurde ich ernst und erzählte ihm, dass sein Vater inzwischen verstorben wäre.

Nein, schrie er da, das glaube ich nicht! Er war doch nicht krank!

Ich berichtete ihm von der Herzschwäche, der Mißernte, dem fatalen Ausritt und schließlich vom Sterben seines Vaters. Er vergoß bittere Tränen, umarmte mich ohne Unterlaß und schwor, dass er mit allen seinen Kräften für mich sorgen werde.

Wir müssen sofort nach Hause und nach dem Rechten sehen! Am besten gleich morgen!

Mein kleines Augustlein, auf einmal ein verantwortungsbewußter junger Mann! In all der Trauer war das ein großer Trost für mich.

Ich konnte ihn insofern beruhigen, als ich ihm berichtete, wie Du, mein lieber Willi, für Deinen Bruder einstweilen das Szepter übernommen hast.

Aber das Tauffest warten wir noch ab, rief August dann plötzlich, am kommenden Samstag wird der kleine Francesco getauft! Das wißt Ihr ja noch gar nicht! Luise hat vor zwei Wochen einen Sohn geboren, und in drei Tagen wird er hier getauft werden. Die Vorbereitungen für das Fest sind schon voll im Gange.

Ach, Liebste Mama, rief er aus, wie überaus wunderbar, dass wir jetzt wieder beisammen sind!

Ich war von seiner Herzlichkeit so überwältigt, dass mir die Vorwürfe über das Verhalten seiner Schwestern im Halse stecken blieben. Und vielleicht war das auch gut so; denn zwei Tage später traf Anna Elisabeth mit ihrem Gemahl aus Florenz ein, und wir hatten ein langes und versöhnendes Gespräch. In der gelösten Atmosphäre, die allgemein unter den Familienmitgliedern herrschte, vergaß ich schließlich die Bedenken und Ermahnungen, die ich mir während der langen Reise ausgedacht hatte. Meine Trauer und meine Bitterkeit lösten sich in dieser Umgebung ganz einfach auf. Ich hätte das noch vor kurzem nicht für möglich gehalten.

Und dann kam Luise mit ihrem Söhnchen und legte mir das Kind einfach in den Arm. Dieser kleine Francesco zeigte schon eine Andeutung von Lächeln, als ich ihn so hielt und betrachtete. Sein Pate ist der Musiker Veracini, also sein angeheirateter Onkel. Der Gemahl von Anna Elisabeth hat so gar keine Künstlerallüren, behandelte mich voller Respekt und hatte offenbar alles vergessen, was ich in meinen Briefen über ihn behauptet hatte. Auch mit dem ehemaligen Lehrer von August, dem jetzigen Professor, habe ich mich nach einigem Zögern über die Entwicklung seines Schülers ausgetauscht, und was er mir über meinen Sohn berichtete, flößte mir doch Stolz ein. Übrigens sind seine Großeltern, denen dieses große Gut gehört, großzügige Gastgeber und lassen es nicht an allerlei Aufmerksamkeiten fehlen, die mir den Aufenthalt in ihrem Haus mehr als angenehm machen.

Wie Du siehst, habe ich meine Vorurteile ihnen gegenüber und auch gegenüber meinen Schwiegersöhnen weitgehend abgelegt. Hier legt man weniger Wert auf Stand und hohe Geburt, und auch der Florentiner Fürst, dessen Hofkapelle Herr Veracini als musikalischer Leiter vorsteht, wird von allen nicht etwa als »Exzellenz« oder als »fürstliche Hoheit« bezeichnet, sondern mit der liebevollen Bezeichnung »carissimo Umberto« bedacht. Er soll regelmäßiger Gast bei den Konzerten im Hause des Schwiegersohns in Florenz sein – eine Vorstellung, die mir in unseren Breiten keineswegs alltäglich erscheinen würde.

Anna Elisabeth hat mich dringlich gebeten, bei dem nächsten Konzert, das in drei Wochen stattfinden soll, auch anwesend zu sein. Ich überlege noch, ob ich Dir zumuten darf, so lange das Anwesen zu versorgen und zu beaufsichtigen. Aber ich brenne darauf, das Haus und natürlich die Hoheit bei einem Konzert kennenzulernen. Anna Elisabeth hat mir erzählt, dass fast bei jeder Darbietung auch ein Musikstück aus ihrer Hand aufgeführt wird und man sie nachher gebührend feiert. Ich kann mich gar nicht genug wundern, dass man den Damen hier so viel Freiheit zuteilwerden läßt wie den Herren der Schöpfung.

Lieber Schwager Willi, hab meinen herzlichen Dank dafür, dass Du mit so viel Geduld und Umsicht unser Land verwaltest! Ich hoffe, bald mit meinem Sohne die lange Reise nach Hause anzutreten und Dich zu entlasten.

Meine herzlichsten Grüße an Dich und Tante Agathe!

Deine dankbare Schwägerin Anna Luise

Verehrter und lieber Onkel Wilhelm!

Mit großer Dankbarkeit beginne ich dieses Schreiben. Dankbarkeit vor allem, weil Ihr, mein geliebter Onkel, schon so viele Monate das väterliche Gut verwaltet und unserer lieben Mama es ermöglicht habt, ihre Zeit in unserem schönen Land von Herzen zu genießen. Ich gebe diesen Brief Mama und August mit, die morgen miteinander zu der Reise nach Hause aufbrechen werden.

Mit großer Freude kann ich Euch berichten, dass unsere Mutter sich bei uns von den Anstrengungen ihrer Reise so gut erholt hat, dass sie, nach einem längeren Aufenthalt im Müllerson'schen Gut, sogar mit uns nach Florenz aufgebrochen ist, wo sie in unserem Hause ein liebenswürdiger Gast war und beim Konzert, das wir vor einer Woche bei uns gaben, als Tischdame an der Seite des Fürsten saß. Über eine Stunde hat sie angeregt mit ihm auf Französisch geplaudert. Sie konnte sich nicht genug darüber wundern, dass mein Ehemann bei Hofe so hoch im Kurse steht, und der Fürst höchstpersönlich einem Hauskonzert seines Hofmusikus beiwohnt.

Ich freue mich, Euch zu berichten, dass die Empörung über unsere nicht standesgemäße Heirat einem Verständnis gewichen ist, das uns ermöglicht, wieder vertrauensvoll als Töchter mit unserer geliebten Mutter zu verkehren.

Was unseren »kleinen« Bruder betrifft, so werdet Ihr selbst bald merken, wie erwachsen er inzwischen geworden ist. Hier sind alle sehr traurig, dass er abreist. Wie hat er stets mit seiner Heiterkeit für lustige Stimmung gesorgt! Besonders die jüngste Schwester meines Schwagers, Loretta, weinte bittere Tränen, als August sich von ihr verabschiedete.

Dass August noch einen Dritten in der Postkutsche nach Hause mitbringt, mag Euch verwundern. Es handelt sich dabei um einen Textilkünstler aus der Werkstatt meines Stiefsohns. Er wird einige Zeit bei Euch im Schloß verweilen und einen Webstuhl für die Art von Stoffherstellung einrichten, die in Florenz so berühmt geworden ist. Wir hoffen, dass wir unseren Bruder im Frühling wiedersehen werden, wenn er den ausgeliehenen Handwerker wieder nach Italien begleitet.

Eine große Freude wäre es für uns, wenn auch Ihr, mein geliebter Onkel, einmal die Reise in unser schönes Land wagen würdet. Ich kann Euch versichern, dass wir alles tun werden, Euch diesen Aufenthalt so angenehm wie möglich zu machen.

In Dankbarkeit und Freude, Euch bald wiederzusehen, verbleibe ich mit herzlichen Grüßen, auch an Tante Agathe,

Eure Euch liebende Nichte Anna Elisabeth

Liebstes Luiseken,

hier meldet sich Dein kleiner Bruder mit den neuesten Nachrichten aus dem wirklich dunklen Dezember. Wir sind dick eingeschneit, Sepp kommt mit seinem Gefährt nicht mehr auf den Markt, auch die Post hat vor den Schneemassen kapituliert. So haben wir keine Briefe von Euch erhalten, hoffen aber, dass bis zum Neuen Jahr die Wege so einigermaßen schneefrei geschaufelt werden.

Da wir in der Landwirtschaft gerade Winterpause haben, gibt es doppelt Arbeit in der Weberei. Mein lieber Luigi hat inzwischen einen Webstuhl konstruiert, der seinesgleichen sucht. Wirklich ein Meisterwerk! Eine der jungen Weberinnen zeigt besonderes Talent fürs Kunstweben und wird fleißig in der florentinischen Technik angeleitet. Diese Clara, eine Bauerstochter, wird von allen nur Clärchen genannt, und unser Luigi hat sich die Zunge zerbrochen, um diesen Kosenamen richtig auszusprechen. Dieses Clärchen zeigt Talent und Ehrgeiz, demnächst ein kleines Meisterwerk auf diesem Webstuhl zustande zu bringen. Sie hat jedesmal ein rotes Köpfchen, wenn Luigi ihr wieder eine neue Technik beibringt. Wir haben großen Spaß, wenn wir den beiden zusehen.

Onkel Willi bin ich zu großem Dank verpflichtet. Er hat das Gut in der Erntezeit überaus erfolgreich geleitet und Gerste und Hafer günstig verkauft. Der Keller ist gut gefüllt mit allen Sorten von Feldfrüchten, so dass wir bisher gut durch den Winter gekommen sind.

Unserer Mama geht es soweit ganz gut. Sie interessiert sich jetzt angestrengt für den Vertrieb in der Weberei, so dass wir uns bei der Verwaltung nicht in die Quere kommen. Onkel Willi steht mir mit Rat und Tat zur Seite, und wir verstehen uns gut, weil er mit seinem trockenen Humor oft heikle Situationen auflockert. Bei den abendlichen Diners, die wir jetzt regelmäßig veranstalten, sind nach einem gewissen System auch zwei der Dienerinnen oder Bediensteten anwesend, was anfangs etwas steif ablief. Aber auch da sorgt Onkel Willi für gelöste Stimmung. Mama, die stets neben ihm die Tafel präsidiert, hat sich von ihm anstecken lassen und steuert hin und wieder etwas aus ihrem italienischen Erfahrungsschatze bei. So hat sie sich zum Beispiel einige der typischen Gerichte näher angesehen und weiß allerlei an kulinarischen Erfahrungen aus dem immer noch weitgehend fremden Land Italien zu vermitteln. Leider kann ich wegen der Schneemassen nicht ausreiten. Ich bin jeden Tag in den Stallungen und tröste meine geliebten Pferde. Ich hoffe, sie bald wieder in die Natur zu lassen.

Manchmal denke ich voller Sehnsucht an die schöne Zeit in Italien, an die Freundlichkeit der Leute, an das Singen und Tanzen und – an Loretta. Ihre Heiterkeit fehlt mir sehr. Dieser dunkle Winter wird auch einmal ein Ende haben, und dann plane ich eine Reise nach Italien, um mich von den Fortschritten Deines kleinen Francesco zu überzeugen. Meine Weihnachtswünsche kommen zu spät, ich weiß, aber für das Neue Jahr 1703 wünsche ich Euch alles Gute.

August

Mein geliebter »kleiner« Bruder!

Wie habe ich mich über Deinen Brief gefreut! Schnee! Das klingt wie aus einem anderen Leben – und ist es wohl auch. Hier fängt schon zaghaft ein neuer Frühling an, die Temperaturen sind milde, und wir fahren, so oft Marco nicht unterrichtet, zu seinen Großeltern aufs Land. Da fühlt der kleine Francesco sich schon richtig zuhause.

Eine Neuigkeit: Im kommenden Frühling (April oder Mai) wird auf dem Hofe eine Hochzeit gefeiert. Rate einmal, wer von den beiden Schwestern einen Verlobten gefunden hat?

Nein, es ist nicht Loretta!

Maria hat sich mit dem Nachbarssohn verlobt. Erinnerst Du Dich an ihn? Es ist der jüngere der beiden Söhne, und er wird wahrscheinlich einmal das großväterliche Gut mit verwalten; sein älterer Bruder hat den Hof der Eltern geerbt.

Soweit ist alles in bester Ordnung.

Auch von Deiner älteren Schwester kann ich Dir berichten, dass sie und ihr Gemahl gesund und munter sind, dass sie Weihnachten mit uns auf dem Hof gefeiert haben und sie im nächsten Monat ein Kind erwarten. Wir sind schon sehr gespannt, ob es ein Knabe oder ein Mädchen wird.

Nicht nur wir beiden Schwestern vermissen Dich, es gibt auch noch jemand auf dem Hofe, der offensichtlich Sehnsucht nach dem schönen, blonden Jüngling hat. Ich verrate nicht, wer das ist!

Daß Du ankündigst, bald wieder nach Italien zu reisen, erfreut uns sehr! Kannst Du nicht Onkel Willi mitbringen? Ihm würde es bestimmt sehr gut hier gefallen.

Ich hoffe, Ihr übersteht alle den Winter gut! An die vielen

Schnupfen, Husten und Erkältungen, die wir damals zu überstehen hatten, erinnere ich mich noch gut. Paßt nur gut auf Tante Agathe auf! Aber sie hat ja ständig, auch im Sommer, ihren grauen Seidenschal um ihren Hals gewikkelt – der wird sie schon beschützen!

Liebstes Augustlein, schreib nur wieder bald, wie es Euch geht und wann Du wieder ins schöne Italien zu reisen planst!

In schwesterlicher Liebe
Luise

Florenz, 1. März 1703

Liebste Mama!

Euer zweites Enkelkind ist am 24. Februar auf die Welt gekommen! Es ist ein Mädchen, wir haben es nach Euch benannt, unser kleines Anneken! Du kannst Dir vorstellen, wie verliebt wir alle in die kleine Schönheit sind! Sie hat meine blonden Haare geerbt, aber dunkelbraune Augen (vom Papa!) und sieht ganz allerliebst aus. Ihr müßt sie unbedingt bald einmal in Augenschein nehmen!

Von August, unserem plötzlich so erwachsenen kleinen Brüderchen, wissen wir schon einige Einzelheiten von Euerm Winterleben. Was er von den Schneemassen geschrieben hat, kann ich mir schon gar nicht mehr vorstellen.

Unser Konzertleben hat ein bißchen Pause. Aber in den Zeiten, wo unsere Tochter schläft, treffen wir uns im Musikzimmer (das Ihr ja kennt) und üben für ein Sommerkonzert, wobei erstmals eine ganze Sonate von mir aufgeführt werden soll, mit Francesco als Flötist und mir als Begleitung. Wenn Ihr nur dabei sein könntet!

Ich werde jetzt meinen kurzen Brief schließen, denn Anna verlangt mit kräftiger Stimme (höre ich da die künftige Sängerin?) nach ihrer Mama.

Ich grüße Euch, Tante Agathe und Onkel Willi aufs herzlichste!

Eure glückliche
Anna Elisabeth.

Meine geliebte Tochter Anna Elisabeth!

So bist Du also auch Mutter geworden! Ich beglückwünsche Dich zu Deiner Tochter und wünsche ihr ein glückliches Leben! Wie gerne hätte ich mein Taufgeschenk selbst überbracht – es muß noch etwas warten.

Ich zögere, Dir die neueste Nachricht zu übermitteln, weiß ich doch nicht, ob ich Dich damit erzürne.

Um es kurz zu machen: Euer Onkel Willi und ich, wir haben in unserer Hauskapelle den Bund fürs Leben geschlossen. Es war eine Zeremonie ohne Pomp und ohne Gäste.

Du magst vielleicht erstaunt sein, dass ich so kurz nach Papas Tod mich wieder vermähle. Die Organisation unseres Hofes und der Weberei ist inzwischen so kompliziert, und die Verwaltung des Vermögens von so weitreichenden Folgen, dass wir uns zu dieser Lösung entschlossen haben. Wilhelm ist mir nicht nur als jüngerer Bruder Deines Vaters vertraut, er hat während meiner Abwesenheit unser Gut auf vortrefflichste Weise verwaltet, so dass ich mir, abgesehen von unserer gegenseitigen Sympathie, diesen Schritt gut überlegt und ihn dann gewagt habe. Wir sind beide darüber mehr als zufrieden.

Unsere erste gemeinsame Reise wollen wir nach Italien unternehmen, allerdings erst im Juni, wenn es bei uns wärmer geworden ist. August hat inzwischen einen umsichtigen Verwalter eingestellt, dem er vertraut. Und Luigi, den er vor einem Jahr aus Italien mitgebracht hat, und der inzwischen in der Weberei unverzichtbar geworden ist, wird wahrscheinlich nicht mehr nach Italien zurückkehren; denn ihn fesseln hier die Bande der Liebe. Er hat auch schon ein kleines Grundstück erworben und plant, nach seiner Hochzeit mit Clärchen, dort ein Haus zu errichten.

Dieser Winter mit dem vielen Schnee hatte es ihm angetan. Fast jeden Tag machte er lange Exkursionen mit seinen selbst getischlerten Schneeschuhen, sehr zum Gaudium der übrigen Dienerschaft, die ihn jedesmal mit begeistertem Applaus belohnte, wenn er rutschend auf Schnee und Eis dahinglitt.

Dein Bruder beschäftigt sich nach wie vor am liebsten mit seinen Pferden. Er plant, dem Gut eine neue Einnahmequelle zu besorgen, nämlich eine Pferdezucht. Er hat sich deswegen schon mit einigen Nachbarn zusammengeschlossen, um deren Erfahrungen zu nutzen.

Die Weberei mit den neuen, künstlerischen Mustern floriert bereits in bescheidenem Ausmaße. Wir haben einige Aufträge von benachbarten Grafen und Fürsten. Allerdings ist August skeptisch, ob die Aufträge auch bezahlt werden. Deswegen hat er bei Hofe interveniert und auch von dort einen bedeutenden Auftrag erhalten: zwei gobelinartige Stoffballen für die Bestuhlung eines Festsaals!

Bis wir uns wiedersehen, vergehen noch einige Wochen. Ich schicke einen Brief an Luiseken, um unsere Ankunft im großelterlichen Hofe anzukündigen.

Bis dahin – in Liebe Deine Mutter.

Liebste Mama!

Vor ein paar Tagen haben wir uns alle auf dem Müllerson'schen Hof getroffen, und so schreiben wir diesen Brief auch gemeinsam an Euch.

Wir gratulieren zur Hochzeit! Und wir freuen uns sehr, dass Onkel Wilhelm in Euch eine Ehefrau gefunden hat, die ihn mit sicherer Hand bei der Verwaltung der Güter unterstützen kann. Über Eure angekündigte Reise nach Italien herrscht hier die reinste Vorfreude. Was wir Euch alles zeigen wollen!

Am meisten freut es uns, dass Ihr unsere Kinder wiedersehen werdet. Francesco kann schon erste Schritte machen, er steht bewundernd am Bettchen seiner kleinen Cousine und kann sich gar nicht an ihrem Anblick sattsehen. Übrigens spricht er seine ersten Wörter nicht nur auf Italienisch, sondern wird von seinen Eltern auch mit der deutschen Sprache vertraut gemacht.

Wir können Euch, unsere liebe Mutter, nicht genug preisen und beglückwünschen, dass Ihr trotz anfänglicher Bedenken Euer Urteil über unsere Entscheidung revidiert habt. Für diesen Mut zollen wir Euch höchsten Respekt! Auch wir sind ja erzogen worden, in unserem Verhalten stets Konvention und Stand als erstes zu bedenken. Daß wir diese standesbezogene Denkweise überwunden haben, mag zu einem Teil daran liegen, dass wir in Italien eine freiere Gesinnung erlebt haben und dann eine Liebe, die so gut wie alles in unserer bisherigen Erfahrungswelt auf den Kopf stellte.

Große Trauer befällt uns bei dem Gedanken an den Tod unseres Vaters. Es wird uns stets die bedrückende Erinnerung bleiben, dass wir uns zu seinen Lebzeiten nicht versöhnt haben. Er ist in der Vorstellung gestorben, dass wir in Ungehorsam uns gegen ihn verschworen haben. Dabei sind wir, auch unser Bruder, nur unseren Herzen gefolgt.

Mit großer Freude begrüßen wir unseren neuen Stiefvater, mit dem uns nur gute Erinnerungen verbinden. Er hat schon immer mit seinem Humor dafür gesorgt, das steife Protokoll aufzulockern. Ganz sicher wird ihm die Ungezwungenheit in unserer neuen Heimat zusagen. Für die Zukunft hoffen wir, in ihm einen Fürsprecher für die Wahl unseres liebenswerten Bruders zu finden; Ihr werdet seine große Liebe, unsere Loretta, bald kennenlernen. Wir wissen, dass bereits einige Briefe zwischen August und Loretta gewechselt wurden und wir vermuten, dass er im nächsten Frühjahr seine Ankündigung wahr macht und uns besucht. Bei dieser Gelegenheit wird er wahrscheinlich um Lorettas Hand anhalten. Eine bessere Schwiegertochter werdet Ihr nirgendwo finden!

Wir grüßen Euch und unseren neuen Papa aufs herzlichste und wünschen Euch gute Reise!

Eure dankbaren Töchter

Anna Elisabeth und Luise

Meine lieben beiden Töchter Anna Elisabeth und Luise!

Seit drei Wochen sind wir, Euer neuer Vater und ich, wieder zu Hause angekommen. Wir haben eine Weile gebraucht, um uns von der anstrengenden Reise zu erholen. Geholfen hat uns das schöne Wetter, das jetzt, am Ende des Sommers, immer noch erfreulich warm ist und uns an die Tage bei Euch im Süden erinnert.

Fast jeden Abend saßen wir nach unserer Rückkunft mit August auf der Terrasse und ließen unsere Erinnerungen Revue passieren. Und jedesmal aufs Neue sind uns Begebenheiten wieder eingefallen, mit denen wir ihm seine eigenen Erlebnisse in diesem schönen Land vergegenwärtigten.

So haben wir ihm von den wunderbaren Textilien berichtet, die in der Werkstatt des Lorenzo gewebt werden und die, wenn man gleichzeitig die Malerei dieses Botticelli vor Augen hat, wirklich eine völlige Übereinstimmung mit den gemalten Gewändern aufweisen.

Ein besonderes Erlebnis war das Konzert, das wiederum in der Gegenwart des Fürsten, diesmal aber in der Residenz stattfand, und bei dem wir einer Sonate lauschten, die von Anna Elisabeth komponiert und am Clavecin begleitet wurde. Unserem Schwiegersohn Francesco konnten wir nur bewundernd Beifall spenden, so kunstvoll hat er auf der Flöte brilliert. Augusts Kommentar: Er ist nicht nur ein hervorragender Flötist und Musiker, er hat bereits mindestens 10 Sonaten komponiert. In Gedanken waren wir wieder bei Euch und der künstlerischen Übereinstimmung und Harmonie, die zwischen Euch beiden herrscht.

Einige Abende lang verweilten wir bei den beiden Enkelkindern, die uns das Herz erwärmten und von denen

August gar nicht müde wurde, immer wieder aufs neue von ihnen zu hören.

Wie beiläufig hat er sich auch nach unserem Besuch auf dem Müllerson'schen Hof erkundigt, und ich habe natürlich nicht gezögert, ihm ausführlich von Marias Hochzeit, zu der wir eingeladen waren, zu erzählen und von der blumenstreuenden kleinen Schwester der Braut, die uns später beim Festmahl unter den Orangenbäumen stets aufmerksam bedient hat. Luise hat ja ein Portrait für ihn mitgeschickt, das sie recht originalgetreu gezeichnet hat. Ich verrate kein Geheimnis, wenn ich Euch schreibe, dass er dieses kleine Bildchen auf seinen Nachttisch gestellt hat.

Wenn ich heute diesen Brief mit einer Revision meines bisherigen Lebens schreibe, so ist damit nicht gemeint, dass wir zukünftig nicht mehr korrespondieren – ganz im Gegenteil!

Aus unseren Briefen ist mir durch häufiges Wiederlesen und Erwägen klar geworden, was es bedeutet, seine Gedanken niederzuschreiben; denn was im bloßen Denken so oft verschwommen und gleichsam wie ein Rondo in der Musik in immer wieder ähnlichen Motiven oder Urteilen sich im Kreise bewegt, gewinnt, wenn man es selbst in geschriebene Worte verwandelt, an Klarheit und setzt sich gegenteiligen Argumenten aus.

Ohne den Briefwechsel mit Euch, meine lieben Töchter, wäre mir eine ganze Welt verschlossen geblieben, in der zu verharren mich um die Freude gebracht hätte, etwas Neues von Grund auf zu erfahren. So hat sich auch unser Verhältnis gewandelt, wie man es bisweilen erfährt, wenn ein Elternteil alt und hilflos wird und die Kinder in gewisser Weise die Rolle derer übernehmen, die verantwortlich für Leib und Leben ihrer Eltern geworden sind.

Ich empfinde nach all meinen Erfahrungen mit Euch und

Euern Ehemännern und angeheirateten Verwandten eine große Dankbarkeit für Eure Fürsorge, die sich nicht nur in materieller Hinsicht gezeigt hat, sondern weit mehr noch darin, dass sie eine weitreichende Änderung meiner in langjährigen Gewohnheiten festgefügten Urteile bewirkt hat. So habe ich nicht nur ein neues Verständnis für andere Lebensweisen erfahren dürfen, sondern auch gesehen, wie diese Erfahrung mein Leben inzwischen bereichert hat. Das trägt auch Früchte in meiner neuen Ehe mit Eurem Onkel Wilhelm. Wir haben ja manches Mal gelächelt über seinen Humor, der sich leichtfüßig über Standesunterschiede hinweggesetzt hat, wenn er mit Kutscher oder Köchin gescherzt hat, als wären sie seinesgleichen.

Ich habe erfahren, dass diesem Humor ein tiefes menschliches Mitgefühl innewohnt, das jeden Menschen, gleich welchen Standes, in seiner Verschiedenheit achtet. Auf diese Weise ist auch unser persönliches Zusammenleben von einem wachsenden Verständnis für die Eigenarten des anderen geprägt. Wir sind sehr glücklich, uns in dieser Übereinstimmung gefunden zu haben; mein Ehemann hat mich gelehrt, dass es eine Bestimmung für jeden Menschen gibt, die manchmal erheblich von den Vorstellungen seiner Umgebung, seiner Eltern und seiner Erziehung abweicht.

Ich schließe diesen Brief in aufrichtiger Dankbarkeit für Eure Geduld und mit Bewunderung für Euer neues Leben, in dem Ihr Euer Glück gefunden habt.

Liebe Anna Elisabeth, liebe Luise, ich hoffe, von Euch und Euren Familien bald wieder zu lesen.

Eure Euch liebende Mutter.

P.S. Übrigens plant August, Euer »kleiner« und inzwischen erwachsener Bruder, eine Reise nach Italien und möchte uns dazu bewegen, mit ihm zu fahren. Wir erwägen es ernsthaft.